Onde moram os segredos

MILU LEITE

Onde moram os segredos

MILU LEITE

SÃO PAULO - 2025

Onde moram os segredos

Texto © **Milu Leite**
Ilustração de capa © **Puapualena**
Coordenação Editorial **Carolina Maluf**
Assistência Editorial **Marcela Muniz**
Projeto gráfico **Renata Bruni e Arthur J. Silva**
Revisão **Andréia Manfrin Alves**

1ª edição — **2023** | 1ª reimpressão — **2025**

Dados Internacionais de Catalogação na Publicação (CIP)
de acordo com ISBD

L533o

Leite, Milu

Onde moram os segredos / Milu Leite. - São Paulo, SP : Editora Gaivota, 2023.
144 p.; 16cm x 23cm.

ISBN: 978-65-86686-45-6

1. Literatura brasileira. 2. Romance. I. Título.

	CDD 869.89923
2023-1380	CDU 821.134.3(81)-31

Elaborado por Odilio Hilario Moreira Junior - CRB-8/9949
Índice para catálogo sistemático:
1. Literatura brasileira: Romance 869.89923
2. Literatura brasileira: Romance

Edição em conformidade com o acordo ortográfico da língua portuguesa.
Todos os direitos desta edição reservados à Editora Gaivota Ltda.
Rua Conselheiro Brotero, 218, anexo 220
Barra Funda — CEP: 01154-000
São Paulo — SP — Brasil
Telefones: (11) 3081-5739 | (11) 3081-5741
contato@editoragaivota.com.br
www.editorabiruta.com.br

A reprodução de qualquer parte desta obra é ilegal, e configura uma apropriação indevida dos direitos intelectuais e patrimoniais da autora.

Para Lúcia, Lucas e Cecília

Prólogo

— Tem certeza de que o nome é mesmo Calle Santo Ignacio de Loyola, Naw? Estamos caminhando há horas! Provavelmente já conhecemos todas as ruas de Santiago.

— Claro que tenho, Moon! Se vocês andassem mais e se beijassem menos, a gente já estaria lá.

— *Ah, si, si, por supuesto.* Olha só quem fala! Vocês grudam uma boca na outra a cada esquina e agora a culpa da demora é nossa?

— Que lonjura, Nawar! Fico pensando se de *gurë* a gente não chegava antes!

— Caramba, como mulher reclama! O que quer dizer, *gurë*, Iaké?

— É cipó, Dô. Foi uma piada.

— Perdi. Não entendi, mas posso rir agora. Hahaha.

— Tonta e tonto, a tal esquina é ali. Estão vendo a placa? Museo Historico y Militar de Chile. A casa tá perto. Tudo bem aí dentro do peito, Naw?

— Não! *Stop!* Para tudo. Meu coração vai sair pela boca. Preciso dar uma acalmada. Acho que hoje é o dia mais importante da minha vida. Mais alguns passos, e...

— Calma. Minha intuição diz: "dia bacanudo para sua melhor amiga". Então, vai dar tudo certo. Fica sussa.

— *Afff*, tomara! Dô, Moon e Iaké, cruzem os dedos porque esse encontro vai mudar toda a minha vida. Mas antes... antes de todas as coisas, eu preciso que vocês me abracem. Forte, muito forte.

Sobre verdades e mentiras

Aconteceu ou eu inventei, eis a minha questão.

Não, não se trata de uma dúvida comum, sobre um fato específico. O ponto de interrogação que carrego é bem maior. Saber se o que eu digo que aconteceu, de fato aconteceu, nem sempre é fácil. Para ser franca, às vezes é impossível, e eu lido com isso todos os dias. Basta estar acordada, e tudo pode ser questionado.

Divido um apartamento em São Paulo com dois amigos, o Dô e a Moon, temos praticamente a mesma idade, temos gostos em comum, só que eles, ao contrário de mim, só mentem se quiserem. Por causa dessa amizade e de toda a confiança que tenho neles, posso dizer que sou feliz alguns dias e uma porcaria de pessoa nos muitos outros que completam os 365 do ano. Não tô reclamando, não, a vida é assim pra todo mundo: complicada, inesperada, intensa, apaixonante, mas também tediosa, insossa, pueril, estúpida e vazia. A diferença está justamente nas pessoas que te acompanham.

Eu conheci o Dô logo no primeiro dia no novo colégio, e foi ele que me apresentou pra Moon. Queijo, goiabada e tapioca, nós três, de cara, nos tornamos essa mistura imprescindível de gostosuras. Fui praticamente adotada por eles, irmãos gêmeos, já que minha família — se é que se pode chamar assim — se resume ao meu pai, que mora na Amazônia, num fim de mundo com o bizarro nome de Comunidade do Catalão, lugar onde ele se enfiou pra pesquisar, quer dizer, pra enfiar agulhas em bichinhos que ele e sua equipe de auxiliares colhem na mata. Eles vivem numa casa que flutua sobre a escuridão do rio Negro, e toda vez que tem cheia a água sobe e encobre os grossos troncos de árvores que sustentam não apenas a casa, como também o laboratório, a horta, o galinheiro. A partir desse dia, todas as tarefas passam a ser feitas de canoa, até mesmo a caçada aos tais bichinhos. Confinado lá no seu mundo, meu pai nem lembra que eu existo, e eu não vou mais choramingar por causa disso.

    O planeta dele é outro. Ele saiu da sua galáxia uma única vez, quando namorou a minha mãe. Ela engravidou, me pariu e desapareceu logo depois. Acho que não aguentou se sentir um bicho observado com lentes de aumento. Eu não tinha nada a ver com o pato, mas ela nem levou isso em conta. Foi embora e me deixou com ele lá nos cafundós.

    Assim que cresci um pouco, meu pai teve que buscar uma escola pra mim em Manaus. Saí dos cafundós e fui para a capital, onde eu ficava como interna num colégio a semana toda pra que ele pudesse continuar com o trabalho no Catalão. A gente só se via nos fins de semana.

    Quando completei 16 anos, eu já não aguentava mais aquela vida de prisioneira. Falei pro meu pai: quero ir pra São Paulo! De jeito nenhum, morar sozinha, vai viver onde? blablablá, e eu: Vou morar com a minha mãe. Ele fez cara de coruja e disse que ia pensar. Pensou só dois dias e depois me contou que minha mãe, de quem eu nunca tinha uma única notícia, morava no Chile e não me queria por perto.

Chorei uma semana inteira. Imagine o que é ouvir uma coisa assim. Doeu até o fundo, tão fundo que chegou a atingir os ossos, e o sangue que correu nas minhas veias nesses dias espalhou tanta dor que eu fiquei doente. Doente de tristeza. Meu pai se preocupou, me levou de volta pra nossa casa flutuante e, por alguns dias, ele se dedicou totalmente a mim. Deixou os bichos para os outros pesquisadores. Só que eu sabia que a vida não ia continuar desse jeito. Ele queria trabalhar e eu queria sair daquele fim de mundo. Foi então que, depois de uma conversa sincera na varanda, com os olhos atentos na imensidão da mata e os pés metidos nas águas do rio, meu pai atendeu o meu pedido e me levou pra São Paulo. Ele me conhecia pouco. Ele ainda não sabia.

Algum tempo depois, me matriculou no melhor colégio alternativo que encontrou e alugou um *flat* para eu morar bem pertinho de uma praça toda arborizada. Contratou em Manaus uma conhecida pra "cuidar de mim" (como se eu precisasse de babá). Enfiou na cabeça que eu ia morrer de saudades da vida que eu tinha e convenceu a coitada da mulher a vir pra cá.

Errou, claro. Errou na saudade e na mulher, que passados dois meses arrumou as malas e voltou pra Manaus.

Eu já tinha vindo com meu pai pra cá algumas vezes e sabia exatamente o que estava escolhendo em São Paulo: acordar e sentir que o mundo é um corre-corre, que as pernas não param pra nada, que os dias podem começar numa padaria da esquina com pão com manteiga na chapa e uma média, prosseguir com a variedade de gente no ponto de ônibus, as conversas com sotaques entre um passageiro e outro qualquer, tão qualquer quanto ele e eu, para terminar com a voz do motorista reclamando do trânsito antes de eu dar o sinal de parada e então descer do ônibus e caminhar dois quarteirões até a escola. O que eu não sabia é que em breve este se tornaria o melhor dos mundos porque vivem nele o Dô e a Moon. Mas antes foi o Dô, e a gente ficou amigo bem como eu acho que deve começar toda amizade: sem frescura, com total sinceridade.

A gente já tinha trocado umas palavras no colégio, mas uma vez ele me chamou e disse que a galera estava falando muito mal de mim: você inventa coisas, estão te chamando de mentirosa, tem até quem te chame de louca, por que você faz isso? O Dô fez a pergunta que só alguém interessado em se tornar um verdadeiro amigo faria. Eu expliquei como pude, deixando bem claro que não era de propósito. E detestei saber que já me chamavam de mentirosa. As pessoas me conheciam há poucos dias! Que saco.

Até a chegada a São Paulo, minhas "mentiras" tinham me metido em poucas encrencas. Quando era pequena e ainda passava a maior parte do tempo no Catalão, tive uma vida tranquila. Quando eu e meu pai nos mudamos pra Manaus, a situação mudou e as falsas memórias (não são mentiras, afinal de contas; são memórias que eu invento) começaram a aparecer. Os alunos da escola me impingiram, então, pela primeira vez na vida, o rótulo de mentirosa.

Meu pai, que só me via nos finais de semana, nem ficava sabendo, porque eu não contava nada. Ia dizer o quê, que mentia sem querer? Eu me assombrava comigo mesma, e não ter respostas para explicar um comportamento tão horrível me enchia de vergonha. A vergonha cresceu tanto que eu me retraí até virar uma espécie de concha. Isso meu pai notou e ele chegou mesmo a dizer que estava preocupado comigo, que a culpa era dele por passar tanto tempo com seus bichinhos, longe que só... da minha rotina, de mim, com a cara enfiada num mundo paralelo onde só existem corpos e patinhas. Eu ouvi as palavras dele em silêncio, e nada mudou. Minhas invenções nunca chegavam ao conhecimento dele.

Conforme fui crescendo, comecei a tentar entender meu comportamento bizarro. Notei, por exemplo, que em Manaus os episódios de falsas memórias ocorriam principalmente no restaurante da escola, quando todas as internas, inclusive as garotas mais velhas, se reuniam para as refeições ao meio-dia e às seis horas da tarde. Eu dizia mentiras absurdas, ridículas até, e todos riam de mim; isso quando não me viravam a cara pra sempre. Em pânico, comecei a anotar as mentiras que me diziam que eu contava, pra ver se surgia alguma pista que me levasse a alguma resposta. E a única coisa que descobri é que quanto maior era o número de pessoas onde eu estava, mais fácil de acontecer uma falsa memória. Ou seja, eu parecia apreciar mentira com plateia.

O processo desde sempre é o mesmo: primeiro me dá um branco, depois brota uma lembrança que, pra mim, é totalmente verdadeira. O problema é que tanto posso dizer que viajei pelo Himalaia como que ensinei um mico a cantar! De tanto me zoarem, prefiro ficar calada, porque se eu falar pode ocorrer uma espécie de curto-circuito no meu cérebro, já que as memórias falsas surgem como fagulhas, já que eu invento coisas, já que eu, como diz toda gente, minto. A primeira lição, portanto: de boca fechada não sai invenção.

Minha mãe não vive perto (por que decidi falar dela justamente agora é coisa para psicanalistas averiguarem), ela mora no Chile, como já ouvi meu pai explicar. Portanto, além do nome Eulália Guarapoles Tutuiama na minha certidão de nascimento, essa é a única informação que tenho sobre a mulher que me trouxe ao mundo. Não sei o que ela faz, se mora em casa ou apartamento, se tem um gato, se gosta de *pastel de choclo*, se ouve Bloque Depresivo, se dorme tarde, se acorda cedo. Nada sobre minha mãe. Meu pai, sempre que eu pergunto alguma coisa, vem com evasivas e termina com um "ela simplesmente passou pela minha vida, e essa passagem só tem importância por sua causa, Nawar." Ponto. Boca fechada, os olhos dele vagueiam pelo teto, pelas paredes. Fim de papo.

Aqui em São Paulo, essa lacuna sobre minha mãe me meteu em situações deploráveis. Na aula de inglês, na primeira semana no colégio, a professora Smell pediu que a gente falasse da nossa família, e eu comecei dizendo que dois dias antes tinha feito *com minha mãe* uma trilha pelos Andes. Todo mundo arregalou o olho, porque dois dias antes eu tinha ido ao colégio. A professora insistiu na pergunta e, depois de mais um branco e outro curto-circuito, dei uma nova resposta: minha mãe estava numa conferência de pediatras no Rio de Janeiro. Olhos ainda mais arregalados e, diante deles, o meu pavor. Eu sei quando acabei de dizer uma mentira por causa da cara que os outros fazem. No caso, ali, já eram duas mentiras. Os colegas de sala me encheram de perguntas, não sem algum cinismo. Sua mãe é pediatra? Você foi esquiar anteontem? Que pernas compridas você tem, porque uma delas estava lá e a outra aqui! Risadinhas maldosas, cochicho pra lá e pra cá. De repente, ouço uma voz salvadora: E seu pai, o que ele faz? Não respondi que meu pai era zoólogo, que já tinha catalogado mais de mil bichos, que nós morávamos perto dos indígenas, que eu sabia pronunciar algumas palavras na língua deles, que andei pelada no Catalão a maior parte do tempo até os cinco anos de idade. Eu não disse nada disso, eu simplesmente disse que meu pai traduzia livros. Sem controle, o meu cérebro me jogou numa teia de mentiras.

Mas eu já tinha falado a verdade pra alguém, já tinha contado pro Dô o que o meu pai fazia. E foi justamente neste momento que ele me deu a primeira prova da sua amizade, dizendo: "Acho que os meus pais iam gostar de conhecer o seu pai. Eles são médicos, blablablá", e a conversa mudou de rumo. Ufa! Eu não estaria revelando nada disso sem a ajuda dele. Eu não me lembro do que disse na primeira aula de inglês, foi ele que me contou.

Por essas e outras tantas é que pros outros eu sou uma mentirosa desprezível. Mentir, neste planeta, é uma falha de caráter, a não ser que você faça isso porque está gagá, com demência ou alguma coisa do gênero. Quem mente não é confiável e não merece ter amigos, eis uma verdade que eu odeio e contesto. Por causa dela, eu só soube o que é ter um amigo, com "a" maiúsculo, no dia em que o Dô apareceu na minha vida.

Na segunda semana de aula, depois de uns trabalhos em grupo, comecei a achar que podia realmente confiar nele, e ele provavelmente pensou o mesmo que eu, pois numa manhã a nossa conversa mudou de patamar, foi diferente das outras. A professora atrasou alguns minutos o início da aula de História, e esses foram os minutos mais longos e divertidos desde que eu tinha entrado no colégio. O Dô me perguntou se eu tinha feito a pesquisa sobre a história do Haiti e eu disse que sim. Falei rapidamente sobre as minhas descobertas, e ele me encarou desconfiado. Duvidou do que eu contei, que o Haiti tinha tido um ex-escravo como imperador, e me perguntou se era mesmo verdade. Mas fez isso com tanta sinceridade, com tanta vontade de cuidar da nossa amizade, que eu nem me aborreci. Então, ele sorriu e me falou que eu tinha que conhecer a irmã dele. Eu não entendi muito bem a relação de uma coisa com a outra, mas como ele frisou o "tinha", pensei comigo mesma que era obrigatório conhecê-la.

Na saída, conforme o combinado, esperei pelo Dô no corredor do primeiro andar. Eu estava careca de saber quem era a irmã dele. Já tinha visto os dois juntos no colégio. Cara de um, focinho do outro, inclusive os olhos coloridos: um verde, outro castanho. Eram gêmeos não idênticos, mas muito parecidos. Ele estava no segundo ano do ensino médio como eu, mas ela estava no terceiro. Tinha sido adiantada, por isso estudava no primeiro andar, na classe bem ao lado da escadaria. Fiquei plantada ali até que o Dô apareceu.

— Moon, esta é a Nawar, claro, você já deve saber, afinal ela tá na boca do povo —, o Dô falou e deu uma piscadinha pra mim, e eu fiquei sem graça... ou ofendida? Na dúvida ri, e a Moon me deu um tapinha nas costas e disse que a boca do povo não só era grande como estúpida. Falou de um jeito que me causou uma impressão forte, quase imperial e eu imediatamente compreendi por que o Dô falou dela justamente quando eu mencionei o imperador do Haiti.

Sempre houve nos gêmeos uma energia verdadeira, uma honestidade à flor da pele. Não sei por que, mas pra sorte minha eles simpatizaram comigo. Tiveram um genuíno interesse em mim. Quiseram saber as razões das minhas invencionices, em vez de se afastar e zombar, como o resto dos alunos. A partir desse encontro, formamos um trio inseparável. Passei a frequentar a casa deles todos os dias, almoçar, jantar e muitas vezes dormir num colchão improvisado no quarto da Moon.

Os pais deles — Alcides e Eglai — eram médicos. Vieram de uma família tradicional de médicos. Tinham um monte de pacientes renomados. Ela era infectologista, ele, obstetra. Moravam num apartamento espaçoso na Vila Nova Conceição, bem pertinho do Parque Ibirapuera. Dali saíam pra trabalhar, ela no hospital Albert Einstein, ele no próprio consultório, em Moema. Nunca almoçavam em casa e muitas vezes chegavam depois do jantar.

Nos finais de semana, ficavam horas de papo pro ar, enroscados no sofá da sala de um jeito tão meloso que matava a Moon de vergonha. Eu, que já tinha passado praticamente toda a semana ali, me sentia na obrigação de ir embora pra não atrapalhar, mas eles logo me faziam mudar de ideia, insistindo pra que eu ficasse, almoçasse o fabuloso macarrão com pesto que o Alcides cozinhava na panela que ele tinha comprado numa loja que atendia chefes de gastronomia dos restaurantes mais descolados da cidade. Enquanto eu ajudava a Moon a colocar a mesa, sonhava em ir à tal loja na companhia dele. O Dô procurava a trilha sonora mais apropriada (pelo menos na opinião dele) para a refeição. Quase sempre a Eglai surgia da cozinha, de onde emanava antes um cheiro irresistível de manjericão, e pedia pra trocar a música por outra mais calma, mas havia dias em que ela se mostrava especialmente feliz e até aplaudia a escolha do bate-estaca. O Dô, já nessa época, curtia música eletrônica e fazia uns bicos como DJ nas festas da turma do colégio.

Quando anoitecia, o Alcides se oferecia para me levar pra casa, e lá ia eu meio a contragosto pro *flat*. Eu entrava no apartamento desanimada. Olhava para os móveis, os quadros, os tapetes. Era tudo tão impessoal que me dava vontade de fugir dali o mais rápido possível. É bom morar em São Paulo, meu pai tinha escolhido um bairro razoavelmente tranquilo, numa rua razoavelmente tranquila, mas naquele momento era tudo tão razoavelmente razoável que comecei a me aborrecer. E estar naquele *flat* sozinha me aborrecia ainda mais. Na verdade, eu só passei a achar ele chato depois de começar a ir à casa da Moon e do Dô. Não, não foi bem assim. A chatice me cutucou quando comecei a sentir vontade de fazer parte daquela família, e isso levou uns meses desde o dia em que o Dô me apresentou pra Moon.

Pouco depois, o Alcides e a Eglai embarcaram para uma viagem de férias para a África do Sul. O Dô e a Moon preferiram ficar com a Zi. Achavam que os pais mereciam uma segunda lua de mel e que a Zi, meio que faz tudo da casa, daria conta do recado sem problemas. Quando o casal voltou, estava cheio de planos extravagantes. Lembrei do meu pai. Queriam mudar pro Congo, trabalhar como médicos para comunidades carentes, já tinham se realizado no Brasil, podiam oferecer o que haviam aprendido a outros povos, e blablablá. Os gêmeos ficaram praticamente em estado de choque.

No dia que vieram me contar, a Moon tentou colocar seu pensamento, sempre lógico, no comando das emoções, mas sucumbiu e desandou a chorar no meio da classe. Foi o Dô quem teve que acabar de dar a notícia: vamos embora no final do ano. Eu só não gritei porque a minha voz desapareceu. Ia perder de uma só vez meus dois únicos amigos e também a Eglai, o Alcides, o macarrão com pesto, o colchão ao lado da cama da Moon, o bate-estaca e os emocionados aplausos para ele. Desmaiei.

Sério, desmaiei mesmo. Foi ridículo, mas desmaiei. Acordei com o Dô metendo um treco de cânfora no meu nariz. Ardeu. Eles me olhavam perplexos. Eu fiquei toda sem graça, quis inventar alguma desculpa, entretanto a minha facilidade para invenções não deu as caras. Na falta do que dizer, ficamos os três em silêncio. A professora de Matemática chegou, a Moon foi pra sala dela, o Dô pro canto dele, que era bem atrás do meu.

Ouvi (e a professora também) o aviso de mensagens no meu celular (a idiota aqui tinha esquecido de baixar o volume). Não dava pra mexer no telefone na cara da professora. Senti então um cutucão no ombro e me virei pra pegar o bilhete que o Dô me passava. "Vamos dar um jeito, fica sossegada." As lágrimas saltaram dos meus olhos, não não não, eu não ia chorar no meio da aula, com a professora me encarando toda desconfiada. Tratei de engolir o choro e escrevi de volta: "Espero que sim".

Em novembro, o jeito estava dado. O Alcides e a Eglai, depois de muito relutar, concordaram em ir sem os filhos, deixando-os sob os cuidados da Zi. Dali seis meses, a situação seria reavaliada. O melhor da história: fui convidada a morar com eles. Nem pestanejei. Convite aceito, mandei uma mensagem para o meu pai e, antes que a resposta dele chegasse, arrumei as malas e fui.

O Alcides e a Eglai partiram para a África na semana seguinte. Quarenta dias depois, numa missão dos Médicos sem Fronteiras no Congo, decidiram que era preciso esticar a ajuda humanitária, ficariam ali por um ano inteiro. A chegada da notícia por um telefonema deixou os gêmeos atônitos. O Dô se pôs a gritar "não, não", largou o telefone no chão, e logo o aparelho já estava nas mãos da Moon, que perguntou do que se tratava, ficou muda. Dos seus olhos, eu vi saltar a incompreensão, uma raiva de deus, um nojo do planeta, um palavrão, repetidas vezes a pergunta "vocês têm certeza?". Foi assim que montei, aos poucos e com um nó crescente no estômago, a péssima notícia da Eglai e do Alcides, que pareciam se preocupar mais com os filhos dos outros do que com os seus próprios. Pouco importava pra gente, naquele momento, as notícias de corpos mutilados em ataques contra comunidades. Eu fazia coro às lamúrias da Moon, ecoava a indignação dos meus amigos, sentindo-me quase tão preterida quanto eles. E foi nesse momento que parei pra refletir sobre a minha atitude desde o telefonema deles. Estava sendo uma boa amiga ou apenas uma amiga passional? Não seria melhor que eu levasse meus grandes amigos a ponderar? Que os ajudasse a encarar esse ano sem os pais como um bom desafio? Afinal de contas, não estava eu mesma sem meu pai, vivendo uma fase nova da minha vida?

Passei toda a manhã sozinha no apartamento, metida sob as cobertas, desmanchando caraminholas. Diria pra Moon e pro Dô que seria um ano de loucuras, responsabilidades de vez em quando, insegurança e, mais que tudo, um ano de aproximação. Seríamos ainda mais sinceros, mais presentes e mais amigos. Quando a Eglai e o Alcides retornassem da África, iriam se surpreender pela falta que pouco haviam feito.

Um início de amizade com tons trágicos esse nosso. Não há como negar. Queria dizer menos, mas sou cheia de palavrinhas quando escrevo. Deve ser pra compensar o que não digo quando estou no meio das pessoas. Deve ser porque, na verdade, a minha vidinha se resume a quase coisa nenhuma: me chamo Nawar, minha mãe me abandonou e mora no Chile, meu pai não me abandonou, mas é como se tivesse, porque é um pesquisador na Comunidade do Catalão, onde ele acorda e dorme com bichos. Sou amiga do Dô e da Moon (abandonados como eu?) desde que me mudei pra cá. Eu, porém, sou um tipo estranho de pessoa, invento lembranças em algumas situações e não sei por que faço isto.

Outro dia ouvi um neurocientista afirmando que a memória ajuda a definir a nossa identidade. A minha está profundamente ligada aos meus dois amigos e a tudo o que vivi (e também ao que não vivi, mas acho que vivi) com eles. Um desses momentos aconteceu pouco antes de os pais deles partirem.

O dia da primeira competição na piscina

— Nawar, trata de prestar atenção e não sai da sua raia, porque me atrapalha.

— Moon, eu não saio nunca da raia.

— Vamos ver! — e virando-se para o Dô: — Conta até três.

Damos muitas braçadas até o outro lado. Quem ganha é a Moon e é ela também quem me acompanha ao vestiário e eu... Um branco. E então a pergunta da minha amiga:

— Ué, você não disse que não sabe nada sobre sua mãe?

— O quê? —, pergunto toda atrapalhada, com um fio de esperança no olhar.

Uma mulher que está no vestiário se embelezando fica estática e olha de soslaio pelo espelho. A Moon percebe e espera a intrusa sair dali pra me dizer:

— Nawar, deixa pra lá. Não faz mal. Você acabou de me falar que a sua mãe nada super bem. E aí teve um branco. Vamos encarar a coisa da seguinte forma: sua intuição te diz que a sua mãe nada bem. E o assunto fica resolvido.

Eu não sei onde enfiar a cara. Fico com tanta vergonha que a Moon, provavelmente com pena de mim, muda o rumo da conversa:

— *Urgh!*, a mulher tomou banho de perfume. Tá certo que o cheiro é bom, mas não precisava ter empesteado o banheiro!

E, de fato, para o meu nariz o cheiro é quase insuportável. Saímos dali depressa e encontramos o Dô na lanchonete do clube.

— Que tal uma tigela de açaí? — A voz é só animação.

Eu hesito uns segundos, mas acabo concordando. Tigela de açaí me deixa muito ansiosa e acho que é por causa do xarope de guaraná, mas o cheiro do açaí, huummm, que delícia. A Moon e o Dô começam a combinar os detalhes de um passeio que vamos fazer no dia seguinte. No meio do papo, a Moon coça a cabeça e me pergunta: "Você vai se lembrar de quem ganhou na piscina, não vai?". Eu respondo de imediato que o Dô tinha sido o juiz e não me deixaria mentir, e ele concorda com um decidido movimento de cabeça enquanto me encara. Nesse dia, sem que nos déssemos conta, nós três selamos o método que permite que a nossa amizade se mantenha forte até hoje, mesmo nos momentos de crise.

Choro no abraço

A janela. Há tempos eu não abria esta, mas carregava comigo a certeza de que algum dia eu mudaria de ideia, porque ela, justamente ela, dá para a colina coberta pela maior profusão de verdes e aromas que já vi e senti. Enquanto meus olhos percorrem o morro recortado pela neblina da manhã e os meus ouvidos se dividem entre a algazarra da bicharada e o ruído das águas do rio sob a casa, deixo que todo o ar fresco penetre no meu nariz, o mesmo ar por onde voam os pássaros e as borboletas que meu pai tanto gosta de analisar. O ar é sempre ar, não importa o que você seja, mas neste ponto remoto da Amazônia ele é ainda incrivelmente puro e perfumado.

Estou feliz aqui, temporariamente ao lado do meu pai. Acho que a decisão de abrir a janela mais bonita da casa flutuante e olhar sem medo para a vastidão da mata, deixando-me levar pelas sensações e pelo mistério desta selva impenetrável, tem mais a ver com a saudade que, admito, eu estava sentindo daqui. E também com a conversa que tive com meu pai ontem. Foi a primeira vez que falei com todas as letras para ele: eu não sei por que, mas às vezes eu invento coisas, e elas são tão absurdas que poderiam matar de vergonha o maior mentiroso do planeta. Ele não entendeu muito bem. "Como assim? Você mente por que, filha?" E por mais que eu explicasse que invento sem querer, ele não compreendia e insistia em conselhos do tipo "Pra que mentir? Te falta alguma coisa? Claro, eu sei que deve te faltar muita coisa, eu estou longe que só, não te dou a atenção que você merece e blábláblá". Cada frase que ele dizia trazia embutida a ideia de que eu sabia que contava uma mentira. Ele só entendeu o x do problema quando falei com todas as letras que eu não sei, não tenho a menor ideia de quando estou mentindo. Perplexidade absoluta, mil perguntas. Quanto mais eu contava, mais ele se preocupava. Então expliquei que tinha aprendido a me defender. Vi no rosto dele um tanto de remorso, outro tanto de assombro. Choramos juntos, eu e ele, diante do rio. A certa altura, meu pai me falou que todo mundo pode ter falsas memórias, na certa querendo me consolar. Logo depois, proclamou que me levaria a um clínico geral, não, quem sabe ao neurologista, ou psiquiatra, ou... nem deixei ele acabar de falar. Aos berros, decretei que não ia a médico nenhum, explicando que só uma junta de especialistas daria conta do meu "caso". Tenho medo de ser louca, murmurei depois de praticamente rasgar minha garganta com aqueles gritos. Fiquei histérica, eu sei. Agora, admirando essa mata pela janela, vejo que perdi a chance de dar a ele a exata dimensão do meu problema.

    Eu já tinha conversado com os gêmeos sobre meu receio de ter de confiar no que os outros me contam sobre as minhas mentiras. Mas nunca toquei no assunto com meu pai. E mais uma vez não pude lhe explicar como é inconveniente e complicado viver com tal grau de dependência da bondade alheia. Sim, porque ninguém é bom o tempo todo, e, pra piorar, tem gente que nem imagina o que é bondade, tem gente muito má andando por aí, e é claro que essa gente não carrega nenhuma placa onde se lê "sou do mal" feita com canetinha fosforescente, essa gente está muito bem disfarçada, mesclada à multidão, podendo muitas vezes ser confundida com pessoas amigáveis. Eu não pude contar para o meu pai que em São Paulo eu aprendi que há mais mentirosos no mundo do que se supõe, que a versão de um fato é apenas uma versão, e que um pastel de queijo pode ser um pastel de carne, dependendo do interesse de quem diz e de quem escuta isso. Talvez tenha sido melhor assim, deixar meu pai na ignorância dos meus desafios diários. Quem sabe não foi por causa dela, e só por causa dela, da ignorância, que conseguimos dormir ontem? Ele se deitou do meu lado e pela primeira vez, desde que eu me entendo por gente, perguntou se eu queria voltar a viver com ele. O convite me comoveu e ao mesmo tempo tirou o véu que encobria uma realidade: meu pai não imagina que a Moon e o Dô são tão importantes pra mim quanto ele. Não imagina também que, apesar de sentir saudades da casa flutuante e da mata, eu nunca mais quero voltar a viver no Catalão. Nunca.

No fundo, palavras

Faz um calor insuportável no final de fevereiro. São Paulo torra e transpira como um enorme rinoceronte prestes a morrer de sede. A meteorologia alerta: se não chover nas próximas quarenta e oito horas, os reservatórios vão secar. Eu escuto as notícias na televisão ao lado da Moon, quando a Zi entra no apartamento toda esbaforida, tira imediatamente a blusa e senta-se estrategicamente embaixo do ventilador que se move no teto com velocidade máxima, produzindo um ruído irritante. Depois de permanecer em silêncio uns poucos minutos, ela me pergunta como foi a viagem para o Catalão. Respondo que foi normal e que meu pai me levou para jantar em Manaus na véspera da minha volta. Aí ela quer saber sobre o retorno ao colégio.

— Foi legal. A professora Smell voltou da licença-maternidade. Eu tinha me esquecido de como ela é uma figura!

A risada espontânea do Dô se intromete na conversa e fica um tempo ali conosco até que eu possa perguntar:

— A professora se chama mesmo Smell, né? — Eu vivo desconfiada. Embora saiba que as falsas memórias só ocorrem de vez em quando, acho que essa frequência pode mudar de um momento para outro; tenho medo de começar a inventar memórias a torto e a direito.

O Dô concorda com um curto movimento de cabeça e acrescenta:

— É. Mas Smell é apelido, ela já explicou que é porque ela é cheirosa, tá sempre perfumada. E ela é mesmo muito cheirosa e também engraçada. Mas você se lembra do que disse quando ela te pediu para contar na aula o que tinha feito no final de semana?

Meu humor muda repentinamente. Um mal-estar se apodera do meu corpo. Eu bem que estava com um pressentimento estranho. Agora sei que inventei alguma coisa, claro! E o Dô, meu fiel escudeiro, vai me colocar a par do que eu falei.

— Você disse que tínhamos ido para Maresias.

A Zi arregala os olhos, visivelmente intrigada com o que acaba de ouvir.

— E nós não fomos para praia nenhuma, Nawar. O programa do sábado foi cinema e o de domingo, um churrasco na casa da Zi. Tá certo que você nem conseguiu falar com ela direito, desde a sua volta do Catalão na sexta-feira, mas não precisa apagar a nossa querida Zi da sua memória, né? Fica tranquila que ninguém percebeu, só eu.

O Dô tenta disfarçar o nervosismo com uma gargalhada estrondosa e o seu típico humor ácido.

Eu não gosto do que acabo de escutar. Os enganos durante a aula de Inglês tinham sido frequentes, até que a professora saiu de licença. Começo a me perguntar por que não acontece a mesma coisa na aula de Matemática, por exemplo. Na falta de uma resposta, lanço mão da minha arma de defesa automática, e ela consiste em mudar de assunto o mais rápido possível.

— Pode perguntar qualquer coisa de inglês que eu sei. —

Sobre meu aprendizado não tenho dúvidas, por enquanto.

A Moon, que acaba de voltar do banheiro, interrompe:

— Escutei tudo e tenho uma observação a fazer: Nawar, as pessoas mentem. Você ao menos tem a desculpa de que mente sem querer! E não tente fingir que não está assustada com o que acaba de acontecer.

Eu me jogo no sofá totalmente abalada. A Zi vai até a cozinha pegar um copo d'água, o Dô e a Moon se sentam ao meu lado. Ficamos um tempão em silêncio, sem saber o que dizer, até que eu subo no sofá e canto alto:

— *You know I'm no good!*

Uma tonta perfeita, eu sei. Mas fazer o quê? Ao menos não menti. O contato com a Língua Inglesa, sem a professora que cheira a flor, foi ótimo. Eu agora me viro bem no inglês, e acho que toda vez que falo em outra língua minha inibição desaparece, eu me transformo numa pessoa mais confiante. É como se o fato de me comunicar numa língua diferente me tornasse também uma pessoa diferente, e eu pudesse ser aquilo que sempre quis ser, uma garota desencanada, corajosa e espontânea.

E de repente:

— *Hayati* — eu grito ainda em pé no sofá. Que raios pode significar isso?

O Dô e a Moon gritam *hayati* também e caímos na risada.

A palavra não tem nada a ver com inglês. Eu acabei de inventá-la. Gostamos de inventar palavras, nós três. *Puricanta, anumidácio, dendelanças,* temos uma coleção delas. Mas esta agora, bem, esta a gente já se conhece o suficiente pra saber que vai ser, daqui pra frente, o nosso código de alerta, uma espécie de senha pra me avisar de que inventei uma falsa memória.

— Obrigada pela água, Zi. Você é um amor.

Falso ou criativo

Por mais que eu me esforce, às vezes é impossível dizer "eu não me lembro". Pra piorar, o acúmulo de vivências, uma coisa banal para qualquer pessoa, amplia assustadoramente a minha capacidade de inventar situações. Claro que quase tudo neste mundo pode ser visto de uma perspectiva positiva ou negativa. Eu crio memórias falsas, é verdade, mas também posso me considerar muito criativa, por exemplo.

A minha sorte é que, por enquanto, minha memória produz também lembranças verdadeiras, e com estas eu tenho tanta intimidade que me sinto livre para virá-las do avesso. Para questioná-las. Para fazer perguntas que somente gente incomum como eu faz para encontrar respostas que, no final das contas, vão servir a todos.

A primeira pergunta
Será que existem memórias totalmente verdadeiras?

Tenho pesquisado bastante sobre o assunto. Algumas vezes, quem descobre uns *sites* bem legais é a Moon, outras vezes é o Dô (quando ele navega atrás de músicas pra mixar).

As nossas memórias são sempre construídas. Não existe memória que corresponda cem por cento à realidade. Mas, claro, que nos casos em que a memória é só nossa, quer dizer, se só a gente vivenciou um acontecimento, não tem como comparar e ver quais são as diferenças no relato desse acontecimento. O que estou querendo dizer é que a gente sempre acrescenta alguma coisa na forma e no conteúdo de uma lembrança, porque o processo de guardar na gaveta do cérebro uma memória não é igual a tirar uma fotografia. Eu achava que era, mas não é.

Quando a gente guarda a lembrança de um fato, muitas coisas acontecem no nosso cérebro e elas sofrem influências também do ambiente, do nosso estado emocional e mais um monte de coisas. Nada de fotografia, portanto. A memória tem mais a ver com a pintura.

Essa descoberta me deixou completamente animada. Quer dizer que ninguém pode me acusar de fabricar falsas memórias como se só eu fizesse isso? Fiquei aliviada. Fui correndo contar pro Dô. Ele ficou feliz, até deixou de lado a *playlist* que estava fazendo e me abraçou. Mas também me disse:

— Você acha que as minhas falsas memórias causam tantos problemas quanto as suas?

Não. E eu quis dizer que não queria pensar tão depressa nessa questão, mas... Não, eu não acho. Nunca vi ninguém te chamando de mentiroso, Dô. Eu sei que o buraco é mais embaixo. As minhas lembranças falsas são completamente diferentes da realidade! Eu não só sou capaz de inventar, como posso criar a memória de situações bizarras. Mas eu não falei nada disso. Apenas perguntei:

— Dô, você sabia que as palavras usadas para perguntar sobre um acontecimento também influenciam a nossa resposta?

— Como assim, Nawar? Não entendi.

— Fizeram um teste com algumas pessoas a respeito de um acidente de carro. Mostraram um filminho dele e depois perguntaram sobre o mesmo acidente de dois jeitos diferentes pra dois grupos de pessoas. Para o primeiro grupo perguntaram qual podia ser a velocidade dos carros "batidos" e se tinha feridos. A resposta foi uns vinte quilômetros por hora e que não tinha feridos. Para o segundo grupo, trocaram a palavra "batidos" por "estraçalhados", e a resposta sabe qual foi? Uns setenta quilômetros por hora e que tinha feridos, sim!

— Caraca, Nawar. Sério?

Muito sério. E pouca gente sabe disto. Aliás, acho que quase ninguém sabe. No colégio, por exemplo, duvido que alguém saiba. Todo mundo super bem-informado, conectado, mas em outras coisas. Um assunto como esse geralmente passa batido pelo pessoal da minha idade. Quem é que pensa em pesquisar o cérebro na adolescência? Só se for pra descobrir algum jeito de potencializar a inteligência sem muito esforço. Ou pra entender melhor o efeito de alguma droga.

— Nawar, ouvi a nossa palavra de alerta na padaria hoje. *Hayati* não foi inventada por você — me diz a Moon antes do jantar, quando estamos forrando a barriga com um pouquinho de atum em lata e azeitonas.

— Como assim? A única coisa que eu inventei e não me aborreceu não é uma invenção? Quem roubou de mim a minha palavra?

— O Mustafá, o cara que fica na chapa fazendo sanduba.

— Mas ele disse assim, a troco de nada?

— Não, ele disse pra um homem, acho que era algum parente dele.

— *Stop!* Para tudo! Abre o *notebook* agora e pesquisa essa maldita palavra.

A Moon volta a jato com o *notebook* já ligado.

— Vamos ver... *hayati... hayati...* Olha, a palavra significa "minha vida" em árabe. Nawar, de que canto da sua memória você desenterrou essa lembrança?

O pulo do carneiro

A segunda pergunta
As histórias se repetem?

Só muito mais tarde, deitada na cama, a pergunta da Moon ressurge, se interpondo entre carneirinhos que eu vou contando para encontrar o sono, um truque ensinado pelo meu pai desde que comecei a dormir sozinha e pude compreender pra que servem carneiros e números num travesseiro.

Pulo uma cerca junto com um deles e sou assaltada pela lembrança de uma história que meu pai me contou na infância. Estamos sentados no terraço da casa flutuante e eu lhe pergunto qual era o nome de minha avó. "Meriam", ele diz. E eu, apesar de ainda criança, vejo no fundo dos seus olhos a ponta de um segredo. "Merinam?". "Não, filha, Meriam". "E onde é a casa dela? Por que ela nunca vem aqui?" Meu pai se levanta devagar, tem os ombros arqueados enquanto sacoleja um pé, depois outro, a fim de livrá-los da água do rio. Eu miro o desenho das gotas no chão de tábuas escuras, mas mantenho os ouvidos atentos na resposta.

"Porque ela já morreu". A voz dele soa como se viesse de barco de algum ponto obscuro da floresta, mas ele está agora agachado ao meu lado e, virando meu rosto na direção do seu com a mesma delicadeza que costuma mexer na asa de uma borboleta, me explica que ela morreu logo depois que ele nasceu. A conversa se estende por longos minutos, e a cada pergunta feita meu pai revela fatos que só passei a entender totalmente muitos anos depois. "Sua avó", ele diz num tom pesado, "era muçulmana. Apaixonou-se por um cristão e foi condenada à morte por engravidar dele. Eles viviam no Sudão, um país bem distante daqui, e lá o casamento entre uma mulher muçulmana e um homem de outra religião é crime. Seu avô me trouxe nos braços, ainda um recém-nascido, para Belém do Pará e, depois, para Manaus. Quando ele morreu, eu fui colocado lá no internato onde você estuda. *Hayati*, Nawar. Minha vida começou assim".

 Eu não compreendo bem o que o meu pai me diz, mas seguro a sua mão e permanecemos de mãos dadas um breve momento até que ele se levanta e sai bruscamente da varanda, me deixando sozinha com a história de Meriam.

 Monto aflita num carneiro e pulo de volta a cerca dos que buscam o sono, sabendo que não vou dormir tão cedo. A palavra *hayati*, então, vem daí. De uma história trágica que ouvi quando era criança. Agora sou capaz não apenas de entender a extensão do sofrimento do meu pai, mas também das semelhanças entre nossos caminhos. Ele, como eu, não tem a menor ideia do que é o aconchego de um colo de mãe. As razões são sim diferentes, mas a falta é a mesma. Acendo o abajur, precisando me distrair com alguma palavra, abro aleatoriamente uma página de *Outro silêncio*, livro com meus haicais favoritos da Alice Ruiz, e só abandono a leitura quando minhas mãos sonolentas já não são capazes de mantê-lo aberto.

Sobre descobertas e diferenças

Hoje é 4 de novembro e estamos diante de um impasse: comemorar o aniversário dos gêmeos numa balada ou numa praia deserta? Eu voto praia e espero pela resposta. Os dois balançam a cabeça de um lado para o outro. Sou voto vencido. Vamos para a balada, onde vai rolar com certeza muita bebida e eu vou ter dificuldade para encontrar meus dois únicos amigos. É sempre assim. Não bastando o fato de a gente ter que entrar sempre com a ajuda do porteiro porque ainda somos menores de idade, nós três começamos a noite juntos, mas lá pelas tantas eles desaparecem e eu fico feito uma paspalha, sacolejando o corpo por total falta de opção, porque morro de vergonha de dançar. E sacolejo mal, é óbvio.

    Enfim, o que me resta é dar de ombros e concordar. Pensando bem, posso tirar algum proveito dessa minha, digamos, atitude de aceitação.

    — Você vai tocar, Dô?

    — Claro, Naw! O segundo *set* vai ficar por minha conta.

    — Então quero te pedir uma coisa: põe pra rolar a música que você disse que ia fazer com o meu haicai, aquele da folha. Você fez? Lembra do haicai?

Ele me olha como se nestes meses todos nunca tivesse deixado de pensar nele, e eu, inesperadamente, fico vermelha. Coração estampado no rosto, assim, sem aviso prévio. Pra alívio meu, a Moon está com a cara metida num folheto de cinema esquecido por alguém sobre a mesa da lanchonete do colégio.

— Eu já acabei de mixar. Você vai ter uma surpresa na festa, Nawar.

E a cara do Dô é uma incógnita total, me obrigando a buscar refúgio na lembrança da noite em que mostrei meus haicais e outros escritos pra ele e pra Moon.

O haicai que caiu na noite

— Pega lá de uma vez e lê pra gente, Nawar.

— Ah, eu não sei se quero. E se vocês não gostarem?

— Vai perder um pedaço da cabeça? Vai ser fuzilada? Que coisa mais infantil!

Volto com um de meus cadernos de anotações. Neles eu costumo colocar um pouco de tudo, poemas, haicais, frases que eu crio e acho geniais (nem sempre são, descubro depois) e uns desenhos que insisto em fazer porque não tenho desconfiômetro para medir a qualidade deles (ainda bem).

O haicai:

A folha rosa
Esquece que foi verde
Flutua no ar

Outros escritos:

Dá para escrever tudo num dia
Em outro, tudo se escreve em mim.

***

Hoje, só mesmo com Mafalda e Quino...

***

Na terra seca
as formigas em trilha
andam de verde

— Nossa! Você tem jeito pra coisa, Naw. Esse último também é um haicai, né? Acho que foi dele que eu mais gostei. — A expressão da Moon é uma mistura de orgulho e, por que não dizer, invejinha de mim.

— E eu fiquei a fim de musicar o primeiro, posso?

— Não exagerem... Você principalmente, Dô.

— Não é exagero, eu quero mesmo fazer alguma música, um som bem dançante com a folha do teu haicai, vou mixar com umas batidas que eu curto bastante.

Antes que eu possa fazer algum comentário, a Moon avisa:

— Bate-estaca não tem nada a ver com folha que flutua, Dô. Vê lá o que você vai fazer com o haicai maravilhoso da Nawar!

— Deixa comigo.

E nunca mais tocamos no assunto, até este momento.

A Moon, que eu achei que não prestava atenção na conversa, fecha a revista e solta:

— Como assim? Terminou de mixar e nem me contou, Dô? Você anda mesmo cheio de segredinhos com a Naw, né?

Ciúme é um sentimento que de vez em quando se intromete na nossa amizade. Adoro a Moon, mas ela alimenta pelas pessoas que ama um comportamento possessivo. Já brigou comigo um dia porque eu convidei o Dô pra ir ao cinema e não chamei ela. Ficou furiosa, bateu portas pelo apartamento e só voltou a falar comigo na manhã seguinte. Bom, até que não foi tanto tempo. Eu, quando fico com raiva de alguém, amarro a cara por pelo menos quarenta e oito horas. De propósito, calculadamente, que é pra dar um castigo na pessoa. Mas a Moon não é do tipo que se vinga. Ela explode e ponto. Derrama, extravasa tudo de uma vez só. Passadas algumas horas, ela nem lembra mais do que aconteceu. Nesse dia do cinema, acabamos desistindo de ir à sessão depois do escândalo todo, e ela teve a cara-de-pau de reclamar que sem ver o filme nós não podíamos contar pra ela do que se tratava.

— Larga de ser tonta, Moon. Eu e o Dô não temos segredinhos! Eu não sabia dessa novidade da música até ele contar agora. Dô, que tipo de surpresa? Você me conhece bastante, sabe que não lido bem com surpresas, elas me deixam confusa.

— É surpresa boa, Nawar. Fica sossegada. E você, Moon, vai lavar o rosto e se acalmar, que eu não tenho paciência pra sua ciumeira ridícula.

A Moon e eu trocamos uma olhadela e, no silêncio dela, eu antevejo o que ela planeja. Cinco segundos depois, ela entorna o copo d'água na cabeça do Dô e começa a cantar, imitando a voz de umas das Weather Girls: *"Its, rainning, men, aleluia, it's rainning, men..."*

E sai correndo feito uma criança. Lá longe que só, dá uns passinhos ensaiados de *disco music* e sopra beijinhos. Minha vontade é de rir, mas só vou fazer isto depois de escanear a cara do Dô. Ele abre aquele sorriso lindo, chacoalha a cabeleira respingada de água, coloca os olhos coloridos sobre mim e diz:

— É uma completa idiota! Vivo me perguntando por que eu gosto tanto dela e, pra dizer a verdade, ainda não descobri.

E assim termina a nossa reunião relâmpago na lanchonete do colégio pra discutir onde e como essas duas figuras incríveis vão comemorar a entrada na maioridade (a idade da razão?). Eu sei que vou passar os próximos dias contando e até mesmo roubando as horas do relógio pra que esse momento chegue logo.

Choro sem vela

Acordo preguiçosa. É sábado, normalmente eu fico na cama até o meio-dia, fazendo uma varredura em busca de novidades pelo celular: ligações, mensagens, fotos. Não que eu tenha muitos amigos conectados a mim, só algumas poucas criaturas da minha espécie que eu nem conheço pessoalmente e que escolhi como colegas virtuais. Não pretendo me encontrar com nenhuma delas em dia nenhum da minha vida. À distância, me mantenho protegida de suas vilanias.

    Entretanto, hoje, assim que desperto, decido gastar meu tempo com uma boa chuveirada. Sob a ducha potente e morna, ouço ecos da voz da Moon num papo com a Zi na cozinha. Ela ri e fala sem parar. A Moon é assim desde que acorda. Hoje mais ainda, porque é o dia do seu aniversário. Menos mal que ela esteja rindo, apesar da ausência dos pais. Desligo o chuveiro com um aperto no coração. O que será que a Eglai prepararia pra comemorar esse dia tão especial? A suavidade dela encheria o apartamento de doçuras logo cedo e ela provavelmente já começaria o dia com um sonoro "parabéns pra vocês". Antes, talvez, enfeitasse a casa com mil balões. O Alcides com certeza ia inventar algum passeio inédito, que terminaria em algum restaurante de comida exótica. Eles adoram surpreender. Meu coração se estreita ainda mais, essa ausência não tem cura. Penso outra vez na Moon. Ela já deve ter chorado, talvez nem tenha dormido direito. O que eu ouço agora deve ser o resultado de uma sessão longa de descarrego iniciada muitas horas atrás. Talvez na companhia do Dô. Só de imaginar que meus queridos vão ter de se contentar com um telefonema todo entrecortado, sabe-se de que lugar da África, meus olhos se enchem d'água e trato de ir secar as lágrimas na fronha do travesseiro. Jogada na cama, choro bem baixinho para que não me ouçam. Sinto uma saudade imensa do meu pai, tento imaginar como estará o rosto da minha mãe hoje em dia. Um rosto que nunca pude ver. Imagino-a à sombra de um frondoso jatobá, uma foto à distância. A imagem não permite que eu conheça os detalhes do seu rosto. Reconheço as minhas sobrancelhas negras e grossas no rosto dela, meus cabelos também cacheiam a cabeça dessa desconhecida. De repente, sou invadida pelo ódio, pulo da cama decidida. Hoje é dia de festa, a Moon e o Dô são a minha família. Ah, e meu pai, tenho o meu pai. Quase sempre esqueço dele.

Às onze da noite, já estávamos plantados na porta da balada mais agitada de São Paulo. A Moon e o Dô foram buscar o "nosso bom porteiro" e eu, na fila, aguardo o sinal verde para entrar. Ele só brilha às onze e cinquenta, e vem acompanhado de uma Moon quase desanimada. Ela demorou horas pra compor um visual que, à primeira vista, gastaria no máximo cinco minutos: calça jeans, blusa verde, sapatinho de couro descascado. Por ser uma ocasião especial, concordou em colocar os brincos que herdou de sua mãe. Os cabelos não receberam nenhum tratamento e balançam desalinhados de um lado pro outro enquanto ela se aproxima de mim e finalmente diz:

— Tá lotado, Naw. Por isso o Dô já se meteu no palco. Logo vai começar o *set* dele.

Sinto um frio na barriga. Uma surpresa me aguarda, e eu não sei se gosto disso. Assim que entramos, dou de cara com o Breno, um dos maiores de idade da minha turma no colégio. Ele chega todo simpático e estranhamente bonito. Como é que eu nunca tinha notado essa beleza antes?

— Oi, Nawar. Estamos num camarote, tá a fim de ficar ali com a gente? Te arrumo uma pulseirinha de passe livre.

— "Estamos" quem, cara-pálida? E não, a Nawar não vai querer me largar aqui e se juntar à sua turminha, não é mesmo, Naw?

A Moon, picada pelo ciúme incontrolável, adianta-se e cria um clima péssimo. Mas ela tem razão, eu não vou me juntar a eles. Na verdade, acho até esquisito esse convite inesperado. Dou um tchauzinho para o Breno, a Moon e eu nos estreitamos num canto da pista e caminhamos entre empurrões na direção do palco, onde o DJ acaba de passar os fones de ouvido para o Dô. A gente se aproxima o máximo possível, ficando a uns dez metros deles. A Moon se joga na pista pra dançar, eu me encosto num pilar, que está livre por pura sorte, porque normalmente são eles, os pilares, os primeiros pontos a serem ocupados pelos tímidos como eu, já que dá pra ficar ali quase imperceptível, como uma planta em simbiose com uma árvore.

Rola a primeira música da seleção do Dô, uma versão sampleada de David Guetta. Um cara cheio de *dreads* surge de trás da mesa de som com um bongô e a percussão que ele toca intensifica a adrenalina logo de início. O povo que está na pista ergue os braços e dança enlouquecidamente. Meu peito se enche de admiração pelo Dô. Fico tão contente com a boa receptividade que a *set list* dele tem que me dá vontade de mandar a vergonha pro inferno e me jogar na pista com a Moon. Mas não consigo, fico no meio do caminho, entre o impulso e o medo de ser notada. De repente baixa o espírito crítico e a minha minúscula coragem desaparece. Vou dançar como? Pareço uma múmia, não tenho jeito pra isso, é sempre braço pro lado que não tem que ir, perna subindo quando tem que baixar. Desisto. Fico de longe que só, vendo a Moon dançar, pular, rir e mandar beijos pro Dô, que dali do palco, todo entretido e com os fones no ouvido, não corresponde. Mas olha pra mim e sorri. Faço um "v" de vitória pra ele. Mais duas músicas, eu parada feito uma estátua, e então ouço algo assustador no microfone. Meu nome é pronunciado, e eu sei bem a quem pertence a voz que me chama para subir no palco. Meu coração dispara, bate tão forte que poderia servir de acompanhamento para o percussionista de *dreads*. Rio sem graça, faço um não com o dedo, achando que ainda é possível escapar do que me aguarda, mas o Dô praticamente berra no microfone: Nawar, vem que dependo de você agora. "Dependo" é uma palavra que me irrita profundamente, porque me põe na mão do outro. Não gosto que dependam de mim, mas se alguém diz que depende quero imediatamente me livrar desse peso e faço qualquer coisa pra isso. Resignada, dou a volta por trás do palco e subo, me colocando ao lado do Dô. Parece que vou virar uma pocinha d'água, tipo a Amélie Poulain, mas seguro as pontas. Desmaiar seria o maior mico da minha vida. O Dô me passa um outro par de fones e, antes que eu coloque as duas bolotas na orelha, me diz:

— Recita o seu haicai. É só uma vez. Não vai levar mais do que trinta segundos. Recita, que eu vou gravar e fazer uma coisa pra ficar guardada pra sempre na nossa memória. Até na sua!

Eu, como disse, só quero me livrar o mais rápido possível dessa dependência momentânea, me desincumbir agora mesmo da missão que acaba de me ser delegada. Pego o microfone e falo devagar, como se estivesse lendo no sofá de casa, só que com a maior vergonha do planeta:

>A folha rosa
>Esquece que foi verde
>Flutua no ar

Espero o chão se abrir sob meus pés, mas, não, o pior acontece, o povo da pista começa a assobiar e a gritar e eu continuo no palco. Alguns segundos se passam até que o Dô incorpore a gravação à música que está rolando e eu comece a ouvir minha voz, agora num ritmo totalmente alterado, repetindo e repetindo o haicai, como se fosse um mantra. Um mantra energético e delicado. Uma alquimia única, que só mesmo o Dô é capaz de criar. A Moon, eletrizada na pista, abre os braços e fecha, como se de longe abraçasse a mim e ao irmão ao mesmo tempo. O Dô me puxa pra perto, eu encosto o rosto no peito dele e choro baixinho. Ele cochicha no meu ouvido: "Meus pais iam curtir muito essa festa".

Quando desço do palco, corro pro banheiro. Choro compulsivamente, é emoção demais pro meu caminhãozinho. Vejo minha cara no espelho, um borrão, uma pintura expressionista, cheia de sombras. O problema é que elas não estão onde deveriam estar. A minha maquiagem está uma droga. Lavo o rosto várias vezes, passo outra vez o batom e o rímel, arreganho os dentes pra me sentir mais segura. Nada como um sorriso abobalhado diante de um espelho mudo. De repente, entra a Moon e, tirando um vidrinho do bolso, me diz:

— Sua cara está terrível, mas duas gotinhas desse perfume vão te colocar em ordem! — E antes mesmo de ouvir meus protestos, ela besunta minha nuca com uma espécie de óleo. Tenho um ligeiro mal-estar. Não uso perfume, meu olfato é sensível demais, mas parece que ela se esqueceu disso. Depois, enquanto esfrega os dedos atrás da sua própria orelha, me conta:

— É o mesmo perfume da professora Smell. Uma coisa especial, ele é feito de três tipos de flor da Amazônia, uma fórmula popular e antiga que foi relançada nessa embalagem bacanuda por uma nova marca. Achei que você ia adorar. Que tal?

Penso em dizer que "bacanuda" é uma gíria que ela vive repetindo pra tudo, de filmes a temperaturas do dia, mas o vidro me chama tanta atenção que me esqueço e tento me concentrar no *design* dele, uma espécie de árvore com galhos estilizados como se fossem farpas. Bacanudo?

Apesar de ela ter colocado só um pouquinho em mim, o cheiro, espalhado por todo o banheiro, quase me mata. Sinto uma breve vertigem. Quero dizer algo, mas sou novamente invadida por uma onda de mal-estar.

— Moon, preciso sair daqui.

Como assim?

Durante o café da manhã, começo a rememorar a festa. Incrível! A surpresa do Dô não poderia ser melhor. Depois dela, tudo se transformou como num passe de mágica. Mas é engraçado como tenho uma sensação incômoda, uma percepção intangível, como se um pedaço da festa piscasse como uma luz fraca e trêmula, embaçada.

— Bom dia, dona dançarina.

Eu dou um sorriso sem graça pra Moon. Dançarina? Eu?

— Pensei que você não ia mais desgrudar da boca do Breno.

Eu dou um grito e salto da cadeira:

— Como assim? Eu beijei o Breno?

— Nawar, se tem uma coisa que você raramente diz é "não me lembro", então não vem com essa!

A Moon está brava. Sim, não tenho dúvidas. O bom-dia foi irônico e o tom da voz está alterado. Eu não sei o que responder. Mas ela não tem razão, "eu não me lembro" é uma frase que faz, sim, parte do meu repertório. Eu a uso em determinadas situações, como acontece com todo mundo. A diferença é que, às vezes, eu deveria usá-la, mas não uso e invento lembranças. Mas o caso agora é que, na verdade, eu não me lembro! Eu nunca, em tempo algum, beijaria o Breno, ontem menos ainda, justamente quando o Dô me deu o presente mais bonito que eu recebi na vida.

— A não ser que você tenha bebido demais. Sim, claro, não pensei nessa possibilidade. Você bebeu demais, Nawar.

Pois aí está outra coisa que não sei dizer, mas acho melhor concordar:

— Bebi.

E minto! Essa sensação inédita, de inventar de livre e espontânea vontade, de modo totalmente racional, uma falsa verdade, me faria até feliz se a vítima não fosse a minha melhor amiga. Logo me recupero.

— Mentira minha, Moon, nem sei dizer se bebi muito. Acho que sim. Pelo amor de deus, me diz o que aconteceu.

— Você deu um agarrão no Breno, no meio da pista. Dançou feito louca a noite toda. Tivemos que te arrastar de lá às sete da manhã, porque você não queria vir embora.

O Dô entra na cozinha, passa por mim como se eu não existisse, abre a geladeira, enche um copo com suco de laranja e volta pro quarto.

— Moon, eu não fiz nada disso.

— Enlouqueceu? Acha que eu estou mentindo? Deixa pra lá, Nawar.

— Não, não, como posso deixar pra lá? Você tá furiosa e o Dô nem olhou na minha cara. E eu, bem, eu... eu...

Desato a chorar. A verdade é que eu não lembro do que fiz, não sei por que fiz, e esse branco total é simplesmente apavorante. As lembranças que tenho da balada, logo depois de sair do palco, são outras. Ali atrás, assim que desci a escadinha que dava acesso à pista, achei um canto sossegado, pedi um gole da bebida do Dô e a gente se beijou... Mas isso eu não sou obrigada a contar pra Moon, ou sou?

— E depois, aqui em casa, como foi? — pergunto resignada.

— Eu te enfiei debaixo do chuveiro e te levei pra cama e, *voilà*, bom dia! Não se preocupe. A minha fúria já passou. O seu problema agora é com o Dô e... — ela faz uma pausa para rir — com o Breno lá no colégio.

Fico pensando se o Dô contou algo pra ela...

Algum consolo

Cara virada. Tem meio mundo fuxicando e dando as costas pra mim na escola, e não é que eu não esteja acostumada com esse tipo de atitude, mas as pessoas em geral não *fugiam* tão ostensivamente, isso mesmo, verbo no tempo passado porque faz dois dias que a coisa mudou. Toda vez que me aproximo de algum grupo nos intervalos das aulas, é como se jogassem uma bomba. Abre uma clareira e eu logo me vejo falando com as paredes. Total leseira baré! Se eu estivesse em Manaus, iam me chamar de pomba lesa, sem dúvida. Mas aqui... Sei lá do que podem estar me chamando.

 Só sei que por enquanto o Dô não está em nenhum grupinho desses, porque ele não tem vindo ao colégio. Pegou uma virose e se enfiou em casa. Pouco sai do quarto, e se tromba comigo na sala ou na cozinha me sorri sem vontade, me diz qualquer coisa boba e desaparece. A Moon bem que tentou me alertar sobre as consequências do meu comportamento na festa, mas na verdade ela sabe só uma parte do que eu fiz naquela noite. Sabe apenas o que me viu fazer, mas não passou a noite toda comigo. Quem passou a noite comigo, depois daquela ida relâmpago ao banheiro, foi o

Breno e a turma dele, o pessoal da vodca que não sai do camarote, gente que normalmente não me atrai por falta de afinidades. Quando comentei que precisava descobrir o que andei dizendo por ali, a Moon logo se ofereceu pra ajudar. Vai investigar junto ao comitê de fofocas. Ficamos de nos falar à noitinha, assim que ela chegar da aula de saxofone. Eu só pedi que esse encontro seja antes dos fons fons fins fons (o som que sai do sax por enquanto é só esse, pra azar meu e do Dô), porque na hora dos fons fons fins fons eu vou dar um passeio no shopping e me enfiar na livraria. Quero ver se encontro um livro que procuro há séculos: *Biografia de uma árvore*. O Carpinejar me confunde às vezes — já li alguns textos dele no verão passado —, mas existe uma poesia nesta Biografia que ouvi um cara recitar no Youtube:

> *Não consegui ser absoluto na farsa,*
> *Íntegro na maldade*
> *Paciente na pressa.*
> *Misturei as verdades com as mentiras.*
> *Mas a verdade, essa,*
> *Não aceita companhia.*

Aí me deu a maior vontade de ler o livro inteiro. Leituras assim me consolam. Os livros de filosofia também. Já que falo pouco, gosto de pensar, de construir um caminho para as ideias. Quanto mais eu ando por esse caminho, melhor me sinto. E aí eu começo a formular as perguntas, as tais perguntas que nem todas as pessoas costumam fazer. Quer dizer, acho que tem umas que todo mundo até se faz, mas sem vontade de pensar nelas de verdade. Eu penso.

A terceira pergunta
Por que a gente se decepciona?

Quando me pergunto isso, a primeira coisa que sinto é nojo de mim. Nojo da pessoinha que fui quando me descontrolei na festa dos meus melhores amigos. Da minha falta de sensibilidade pra notar que a dor de uma decepção é como cavar um buraco em terra e não entender por que se cava, se lá no fundo só existe escuridão, nenhum alento. A dor da decepção nunca passa, é quase uma morte.

Falei com meu pai outro dia. Ele pediu que eu fosse pra lá no próximo feriado, mas não sei se quero ir. Gosto de estar perto dele, mas toda trabalheira que é fazer essa viagem! Avião, depois carro e por fim barco. Acho que demoraria menos tempo se fosse para a Austrália. Mas então eu penso na morte. E se eu morrer, e se ele morrer? Todo mundo morre. Aí só não saio voando pro aeroporto agora mesmo porque tenho uma ideia: Quem sabe a Moon e o Dô topam viajar comigo? Eles nunca foram pra Amazônia e me olham curiosos toda vez que conto um pouco da minha vida lá, principalmente quando falo da casa flutuante. Nada desprezível essa possibilidade de irmos os três para o Catalão. Nada desprezível...

— Nawar, tá distraída, hein! No que você tá pensando?

É o Breno. Eu estou moscando no corredor do colégio e dou uma trombada nele. Fico completamente sem jeito. Mal posso acreditar que beijei essa boca. Ele não tem nada a ver comigo! Mas supero a vontade de deixar o coitado falando pra ninguém e pergunto com o pouco que me resta de vergonha na cara:

— Você, por acaso, sabe me explicar por que o pessoal da sala está me evitando? — Não digo, claro, "em vez de estarem me zoando cinicamente como todos os dias?"

— Você não lembra, não é? Bizarro! Você não lembra mesmo, tô vendo na sua cara.

— Qual é o problema? Vai me dizer que você nunca tomou um porre?

— Tomo direto. O problema não é esse. Eu pelo menos bebo, faço coisas idiotas e não preciso me lembrar delas. São idiotas, só isso. Mas você...

Ele deixa no ar o mais importante. Dá as costas e sai andando.

Bocas a mais

Não encontrei o livro que queria no shopping. Vai ser melhor encomendar pela internet. A busca frustrada me faz voltar antes da hora pra casa e assim que chego ouço os últimos fons fons fins fons da Moon. Fico surpresa. Não é que ela está melhorando?

— Naw, ouve só o que eu consegui tirar hoje.

Mais fons fons fins fons. O sorriso no rosto da minha amiga quase me faz esquecer do motivo de eu estar sentada no sofá esperando que ela termine de tocar o sax.

— Vou beber um copo d'água e já volto. O sax me dá muita sede — ela diz e desaparece pela porta da cozinha.

Minha curiosidade, melhor dizendo, minha ansiedade não tem paciência e eu grito da sala:

— Você descobriu alguma coisa? Fala logo, porque eu não aguento nem mais um minuto.

Ela volta da cozinha com o copo na mão. Senta no sofá e faz sinal pra que eu fique onde estou.

— Descobri tudo. Você tinha alguma dúvida sobre a minha capacidade investigativa?

Tenho vontade de apertar o pescoço dela. Fazendo suspense a essa altura do campeonato e ainda por cima comigo, a sua melhor amiga!

— Moon, fala logo, pelo amor de deus.

— Naw, você vai ficar de queixo caído. Por isso, só por isso, eu estou demorando pra contar... nem sei por onde começar.

— Moon!!!

— Tá, tá. Você se lembra que saiu do banheiro e foi pra pista, né? Não sei se me lembro, mas faço que sim com a cabeça.

— O Breno te viu ali e fez sinal pra você subir no camarote dele.

Percebo que já não sou mais questionada, que não vou ter que fazer sim com a cabeça. É o primeiro sinal de que o absurdo, seja qual for, teve início nessa hora.

— Você tirou a sandália no meio da pista e de lá arremessou na cara dele!

— Não pode ser... Não, Moon, diz que é brincadeira.

— Ai, Naw, é verdade. Dura verdade, eu sei. Eu não vi nada, mas falei com várias pessoas que viram a sandália voadora. Eu fiquei um tempo no banheiro depois que você disse que precisava tomar um ar e saiu dali, lembra?

Eu hesito uns segundos antes de dizer qualquer coisa. Tenho medo de saber o resto, então falo meio sem jeito:

— E? Tem mais?

— Tem. Em seguida, você atravessou a pista, subiu no camarote tascou um beijo na boca do cara.

— Ai, jura? Por quê?

— Bom, Naw, você é quem devia saber, mas como não sabe eu me arrisco a dizer que foi por arrependimento. Você tinha jogado a sandália nele!

— E?

— E pelo jeito você gostou do sabor daquela boca, porque aí não soltou mais. Quando eu saí do banheiro, vi vocês dois se amassando num canto. Depois, você virou dançarina, tipo de cabaré, sabe?

— Mentira, Moon, diz que é mentira.

— Não, Nawzinha, falsa memória é contigo. Muita gente viu você arrastar uma cadeira até o meio do camarote e fazer a dança erótica da cadeira. Eu estava no terraço lá fora, mas, depois, você veio me dizer que tinha aprendido a dançar com a sua mãe. Na hora eu entendi que era uma dança normal, claro. Como eu ia imaginar que você tinha virado uma periguete do Moulin Rouge?

Minha mãe... só faltava essa agora, eu inventar que era filha de dançarina de cabaré. Faço menção de soltar mais um "E?", mas a Moon se antecipa.

— Eu desconfiei se era só efeito do álcool. Depois disso, você disparou a falar mentiras. Pra ser sincera, eu não vi você beber, mas me disseram que quando você jogou a sandália no Breno tinha uma garrafa de vodca na mão. Sabe lá onde você encontrou... Você usou alguma droga?

— Não, claro que não! E eu detesto vodca!

— Ah, mas você bebeu vodca. Disso tenho certeza, porque você cheirava a vodca quando voltamos pra casa. Bom, em resumo, minha adorável e inesperada amiga amazônica, foi esse o seu pequeno espetáculo.

— Mas o que será que deu em mim? Moon, eu tô em pânico.

— Agora não adianta pânico nenhum. Já foi, a fofoca já tá rolando. O negócio é você se fazer de superior, sei lá, tipo vou fazer uma apresentação de *pole dance* na sala de aula, meu povo! Vão pagar pra ver?

Eu ainda perplexa, e ela:

— Faça como eu, diga sempre o que pensa, ainda que corra o risco de desagradar alguém com sua opinião. As pessoas autênticas são as mais admiradas!

Neste momento a vontade de ser ela toma conta de mim, a Moon tem mesmo a autoconfiança de uma imperatriz. Mas concretizar essa transmutação é impossível, então viro as costas e vou para o quarto. Não fecho a porta. Tenho alguma esperança de que o Dô, ao passar por ali pra ir ao banheiro, pare e me pergunte se quero ouvir a última música que ele acabou de mixar, como já fez tantas vezes. Mas ele não dá as caras.

Notícias metereológicas

Goteja no sol
À espera de uma nuvem
A chuva do adeus

Ao longo do rio

Catalão, prepare-se porque a gente tá indo. Não muito feliz (tudo seria diferente se o Dô não tivesse recusado o convite), eu sou capaz de compreender a empolgação da Moon sentada ao meu lado no barco sobre o Rio Negro. Enquanto fixo seus olhos coloridos, penso na última encarada que o irmão dela me deu pelo retrovisor do táxi quando nos levou para o aeroporto em Guarulhos. Insisti pra ele ir junto, mas ele me ignorou todo o tempo. Não fala comigo desde a festa. Recusou-se a nos acompanhar na viagem, e nem ao menos disse isso diretamente a mim. Avisou a Moon e ponto. Essa situação me fez querer desaparecer dali pra sempre, por isso insisti desesperadamente pra que a minha amiga viesse comigo, mesmo sem ele.

Esse tempo afastadas de São Paulo vai nos fazer bem. O feriado é longo e veio a calhar. O problema agora vai ser com a internet, ter que ficar indo a Manaus pra conseguir uma conexão. Até hoje não sei como meu pai aguenta essa vida. A droga do celular até que pega, mas conseguir o sinal é quase a mesma coisa que ganhar na loteria.

— Olha, Naw, ali naquela árvore, quanto pássaro incrível! E essa gritaria, o que é?

Antes que eu possa demonstrar meu conhecimento regional, o barqueiro, um indígena tikuna que trabalha pro meu pai, fala:

— Pássaros, aqui é o paraíso deles. A gritaria é de macacos.

A Moon fica tão excitada que se levanta e leva uma bronca dele:

— Senta, moça. O barco pode virar!

— Puxa, e não tem nenhum inseto me picando! Mal posso acreditar, Naw — ela diz enquanto obedece ao barqueiro.

A gente está praticamente gritando pra se entender, porque a gritaria difusa nas copas das árvores toma conta de tudo. O canto insistente de um pássaro, neste momento, não se distingue da espiral de sons, mas emoldura aos poucos o breve silêncio que se instala conforme nos afastamos devagar e penetramos num recanto do rio, já distantes do encontro das águas do Solimões com o Negro.

Sou invadida por uma sensação doce de segurança. A música do rio é a mais linda do mundo. Respiro fundo, o mais fundo que posso. Há tempos não encho o nariz de ar com tanta vontade.

O nosso barco é simples e utiliza motores até que alcance a distância limite de dois quilômetros desde a vila, depois disso ele se move lentamente por remos que penetram na água a cada movimento dos braços inteligentes do Yo'I. Meu pai não gosta do barulho de motores, e o Yo'I é um dos barqueiros mais experientes da região. É um cara caladão, que prefere se comunicar com arqueios de sobrancelha e sorrisos.

— Yo'I, você pode nos levar pra casa mais depressa? Tô ansiosa pra chegar.

Ele une as sobrancelhas sobre o nariz e, em menos de cinco segundos, motores invisíveis se acoplam aos braços dele. Os quarenta minutos de viagem rápida são pouco para a Moon se deliciar. Sei que não dá pra digerir uma Amazônia num passeio de barco. Antes que ela proteste, explico:

— Vamos descansar um pouco em casa e depois nos metemos na canoa outra vez, só eu e você. O que acha?

— Uia, Naw! Não sei não, esse rio é largo, fundo... Você tem certeza?

— Hahaha, pode ficar tranquila. Sou uma barqueira quase tão boa quanto Yo'I. Aprendi a remar com ele!

— Mas se o barco virar... Tem piranha?

— Buhhhh! E anaconda gigante!

— Fala, sério, Naw, eu li uma notícia falando que umas piranhas atacaram uns banhistas numa praia.

— Ah, mas isso é raro. Elas estão bem alimentadas aqui, não vão se dar ao trabalho de morder carne dura. Aliás, a sua é dura mesmo! Você não tem gordura nenhuma.

Eu sei que Yo'I entende tudo o que dizemos, mas ele fica na dele. Sorri e avisa:

— Olha lá o pai, Nawar.

Meu coração se enche de ternura. Meu pai acena freneticamente da sua casa flutuante. Faltam ainda intermináveis metros pra penetrarmos no lago Catalão. Agora em época de cheia, a casa do meu pai está localizada logo no começo, é uma das primeiras a dar boas-vindas aos navegantes. Em época de vazante, ela é rebocada para outra área, assim como outras casas, e o povoado, geograficamente distribuído durante metade do ano por cem casas bem espalhadas, se aglomera nos pontos mais cheios do lago fracamente inundado pelo rio. As casas, todas elas, flutuam o ano todo com a ajuda de boias.

Pai! Ali está ele, sorrindo uma boca grande e branca, todo ansioso.

Agasalho da vida

São tantos mimos o dia todo que quase não rola o prometido passeio de barco com a Moon.

Meu pai literalmente estende um tapete vermelho aos nossos pés. Assim que desembarcamos, me beija e dá um abraço tão forte que eu chego a acreditar que a saudade de mim, de fato, pode ter doído nele. Assim que Yo'I se afasta com o barco, Matilde, uma cafusa simpática e idosa que cuida da casa desde que meu pai chegou aqui, em 1989, adentra a sala tendo nas mãos dois copos de suco de cupuaçu. Em seguida, nos manda sentar. Obedecemos e nos ajeitamos no amplo sofá de juta, meio quente, um pouco desconfortável ao toque, eu bem pertinho do pai, a Moon um pouco afastada, recostada num dos braços protegidos por gordas almofadas de algodão. Eles trocam algumas palavras frouxas, como quem reata um laço há muito trançado. Tinham se conhecido em São Paulo, mas em situações rápidas, pois quando ele ia lá sempre me pedia pra sair com ele e só com ele, sem a companhia de ninguém, o que não me espantava nada tendo em conta a sua ojeriza ao convívio social. Agora, entretanto, no papel de anfitrião, se vê obrigado a trocar ao menos algumas palavras com a minha melhor amiga. Acompanho em silêncio o papo morno e amistoso, e noto que ele não demorará a se afeiçoar à Moon e à sua franqueza.

— Esse sofá pinica demais! — ela se queixa sem rodeios, enquanto puxa uma das almofadas do encosto e se senta sobre ela, não sem antes coçar as pernas com uma careta engraçada.

Meu pai me olha e sorri. Sei que ele aprova a sinceridade. É sempre mais fácil lidar com pessoas a quem se pode dizer, por exemplo, "vou cuidar da minha vida" sem que isso soe como falta de educação. Meia hora depois, é exatamente o que ele faz, nos deixando sozinhas na sala.

Decidimos descansar antes do passeio de barco. A casa tem três quartos e um deles foi arrumado pra nós. É o meu antigo quarto, só que acrescido de uma cama extra, estrategicamente colocada diante do janelão, a essa hora apenas protegido por uma leve cortina branca de algodão. Não sem antes dar um assobio, a Moon se joga sobre os lençóis esticados e limpos e diz:

— Vou gostar muito daqui, Naw!

Não tardamos a cochilar embaladas pelo balanço sutil da casa flutuante. Por volta das quatro da tarde, a Matilde aparece com outros dois copos de suco, agora de açaí, e avisa que Yo'I nos aguarda no barco para o passeio. Peço a ela que o avise de que vamos sozinhas, ela reluta um pouco, mas sabe que não há motivos para preocupação. Nasci sobre as águas desse rio, aprendi a nadar ao mesmo tempo em que aprendi a andar.

Por fim zarpamos e tudo ao redor é de tirar o fôlego. Minha amiga, a imperatriz do colégio, um pote de intensidades, lacrimeja de emoção conforme vagamos pelo rio e penetramos num nicho reservado e nos aproximamos das árvores, gigantes parcialmente afogados até a cintura. E então me diz que não tem balada, nem DJ que se compare à chuva de silêncios que começa a pingar sobre nós duas. Acho que o barco dança, num ritmo suave e profundo. Eu quase choro também, mas seguro as pontas. Ando com mania de segurar as pontas, uso uma espécie de poder cósmico para escapar das emoções, porque se eu começar a chorar... Bem, se começar a chorar eu acho que vou parar só daqui a um ano, a não ser que o Dô apareça e me diga que me perdoa.

Quando voltamos pra casa, o sol já se pôs e nos deu de presente um espetáculo alaranjado com tons indo do violeta ao azul mais resplandecente que já tínhamos visto. Enquanto a Moon toma uma ducha fria (o calor só é suportável assim, ducha após ducha, mergulho após mergulho), eu observo calada o meu pai por entre a porta da sua sala de trabalho, a uns três metros da rede onde balanço no terraço. Meu olhar, num vai e vem, alterna entre sua cabeça inclinada, provavelmente sobre algum bichinho, e as árvores que sacolejam lá fora, sob efeito de um vento que se aproxima sorrateiro desde o início da noite, uma crescente brisa úmida que torna menos incômodo o suor que empapa meu rosto e que, eu havia esquecido, faz parte dos dias de todo morador do Catalão.

— A Priscila esteve aqui — meu pai diz lá do seu lugar, sem despregar os olhos seja lá do que for que tem preso no costumeiro suporte de isopor. — Pediu pra você dar um pulo lá mais tarde.

"Lá" significa a casa que flutua perto da margem esquerda, afastada de todas as outras. A Priscila é a única menina da minha idade que ainda permanece no povoado. Filha de Yo'I, recebeu esse nome quando foi registrada em Manaus, porque o escrivão não sabia como escrever o nome pelo qual seus pais a chamavam (ou talvez o homem soubesse, mas fez uso de seu poderzinho para decidir sobre algo que não lhe dizia respeito). Iaké é o nome indígena dela. Eu nunca a chamei de Priscila, que considero um nome falso, uma coisa forçada, afinal de contas ela é uma índia tikuna como Yo'I.

— Vou lá amanhã com a Moon. Agora já combinamos de ficar de papo pro ar, vendo as estrelas.

Meu pai ergue a cabeça e me encara lá de longe com doçura. Prolongamos o momento, olhando um para o outro, permitindo que as lembranças nos contem das dezenas de vezes que deitamos na sala observando o movimento das constelações até que eu adormecesse e ele me levasse pro quarto no colo. Era comum eu despertar e fingir que dormia só pra ter esse prazer.

— Naw, pode ir. E aproveita a ducha bacanuda por pelo menos dez minutos! Nunca tomei um banho tão bom na vida.

Não sei se quero sair da rede, mas o chacoalhão que a Moon dá ao passar praticamente me derruba dela. Antes de me dirigir ao banheiro, entro na sala de trabalho do meu pai e dou um beijo em sua testa. Ele inclina a cabeça na minha direção e, quando se prepara pra mostrar o bicho que está estudando, eu escapo depressa. Não suporto a visão de qualquer animal sendo analisado, ainda mais com uma lupa.

Durante o banho, me arrependo de não ter feito ao menos um pequeno esforço para ouvir o que ele tinha a dizer. Não sou mais criança, e se ainda insisto em ter essa atitude intempestiva e, por que não dizer, egoísta, é menos por horror à imagem do bicho morto do que por uma vontade de permanecer infantil, como se este e somente este fosse o terreno fértil para a relação entre pai e filha. Quando saio do quarto, já metida numa camiseta e num short, estou decidida a rebobinar o filme. Entro na sala de trabalho, beijo-o novamente na testa e pergunto:

— É uma *Prepona*?

— Não. Parece uma, não é verdade? Mas olha só isto — e meu pai vira pra cima o ventre da enorme borboleta negra com um caprichado desenho degradê em azul nas asas —, esta é muito diferente das outras que cataloguei. É uma *Archaeoprepona amphimachus*. Veja como deste lado ela é cinzenta, e esse padrão de desenho é raro que só, pai d'égua! Elas não costumam bater as asas por estas bandas.

Ouvir meu pai falar essas gírias me alimenta de conforto. Meu jeito de falar tem se modificado depressa, eu me obrigo a enterrar todo santo dia alguma gíria daqui, como se as pessoas em São Paulo não pudessem saber de onde eu venho.

— Naw, vem me explicar que estrela é aquela?

O chamado da Moon é uma espécie de alerta para a realidade. Posso sair dali sem me sentir culpada e sem magoar meu pai, que ainda pergunta, segurando-me pelo braço:

— Você lembra? Ainda se lembra do que te ensinei sobre as estrelas?

Dou um sorriso que já nem sabia que tinha e concordo com um aceno animado de cabeça. A reação é toda infantil, mas agora me agrada, porque vem acompanhada de um não sei o quê de proteção, algo amoroso e antigo. Um antigo bom, um antigo bacanudo, como diria a Moon.

Não preciso de mais nada além da minha boa memória pra explicar a ela minutos depois:

— Tá vendo ali, à direita está Orion, conhecido como o Caçador, e logo aos pés dele, vê?, ali está Lepus, a Lebre, também chamada pelos árabes de Arneb. E aquela brilhosinha ali, tá vendo?, é Sirius, ela está na constelação do Cão Maior.

— Calma aí, assim não vou lembrar de nada, Naw. É muita informação de uma vez, e só não vou te chamar de exibida porque estou surpresa, não, mais do que isso, eu tô chapada com tanto conhecimento! Eu não sabia que você conhecia tão bem o céu. Também, pudera, em São Paulo a gente quase não tem chance de ver estrela. Mas a bacanuda ali, aquela maior, mais brilhante do que todas as outras, é dela que eu quero saber o nome.

— Vênus.

— Ah, só podia ser. Tem tudo a ver comigo. Vênus e eu temos o brilho que o cosmos reluta em aceitar. Vênus pelo excesso de beleza, obviamente, e eu...

— Você pelo ego. Depois eu é que sou exibida. Me erra!

Nada pode ser mais divertido do que provocar a Moon. Ela tem um senso de humor inabalável, é capaz de tirar de letra as maiores críticas, desde que feitas por alguém da sua confiança, claro. Experimente criticá-la sendo um mero ser pelo qual ela não tem nenhuma admiração e presenciará a transformação de uma moça aparentemente comum num monstro disposto a lançar contra você as piores ofensas.

— Já te contei como se formou a Via Láctea? — É a vez dela, agora a Moon vai demonstrar que sabe também muita coisa, só que da mitologia grega. — Dizem que Héracles, mamando pela primeira vez no peito de Hera, sugou com tanta força o seu bico que ela foi obrigada a afastá-lo por causa da dor. O leite continuou jorrando e uma parte dele pingou sobre a terra transformando-se em lírios; a outra parte, a maior na verdade, deu origem à Via Láctea.

A beleza do céu é tamanha que não arredamos pé dali. A lua nova e a densa escuridão do povoado transformam o azul profundo numa tela gigantesca onde piscam centenas de milhares de luzinhas, algumas deixando um ponto fixo para perderem-se noutro em uma velocidade atômica. São as estrelas cadentes, e aqui elas ziguezagueiam numa farra que nunca vi noutro lugar. Quando meu sono finalmente chega, simplesmente estico as pernas e me deixo levar pelo movimento secreto delas, como fez a Moon pelo menos uma hora antes de mim.

O começo de alguém

O café da manhã chega em duas bandejas, pelas mãos de Matilde. O sol já está alto e a única coisa que explica o fato de não termos acordado com o canto da passarada é o cansaço. A viagem até ali é mesmo quase uma prova de sobrevivência. Avião apertado, ônibus precário, barco desconfortável. Penso como uma paulistana agora, já não há mais remédio pra essa mudança. Pão, café com leite, suco de cupuaçu e duas frutas nativas me lembram de quem sou e logo chamam a atenção da Moon.

— É pra comer como? — Ela mostra as duas frutas na mão.

— O camu-camu você chupa feito uva. A tucumã você descasca como se fosse banana.

— Hummm, que delícia. Tem como fazer uma *taipoca* também?

O apetite da Moon é o de um hipopótamo. De um hipopótamo tão sonolento que troca as letras, não há dúvida.

Matilde dá uma gargalhada. Ela desconhece o que seja uma Moon quando abre os olhos e ainda não atinou com a realidade, mas pouco importa. Entendeu o pedido e já caminha em direção à cozinha.

Com uma gorda tapioca de queijo coalho na boca — ela já comeu todo o conteúdo da bandeja como uma draga desgovernada —, a Moon me pergunta:

— E aí, vamos visitar sua amiga?

Não lhe chama a atenção o fato de eu ainda não ter dado conta de um quinto do meu café da manhã.

— Daqui uma hora. Pode ser? E a Iaké não é exatamente uma amiga, tá mais pra colega.

Ela me encara, mas não estica a conversa, concorda toda feliz e desanda a falar sobre tudo o que pretende fazer durante o dia, ao passo que eu tento me conectar aos poucos com o rio, com o ruído dos remos cortando as águas, com o vozerio distante que se mistura suavemente aos movimentos do meu pai lá fora. De tudo o que ela planeja fazer, só existe uma coisa de que não pretendo abrir mão: ir a Manaus pra que ela entre em contato com o Dô e me dê notícias dele.

Munidas de binóculo e chapéu, nos metemos na barquinha leve utilizada pelo meu pai para os trajetos curtos. Mostro para a Moon como os remos obtêm melhor efeito quando penetram na água de modo inclinado e quase superficial. Economizamos força e ganhamos velocidade com esse pequeno detalhe. Menos de cinco minutos se passam até que encostamos a barca no trapiche da casa onde vivem Yo'I, Iaké e sua mãe. É Yo'I quem vem nos ajudar a prender a corda num norai improvisado com um tronco de árvore.

Iaké surge em seguida e dá dois beijos no meu rosto. Olha para a Moon, que olha pra ela e depois pra mim. É uma rápida troca de olhares, mas intensa.

— Esta é a Moon, minh...

A ansiedade da Moon se apresenta com um beijo inesperado

e desajeitado na bochecha de Iaké, que por sua vez esperava receber dois e, portanto, fica com o rosto vagando no ar.

— Vamos entrar ou vocês preferem dar uma volta? — pergunta a anfitriã.

"Dar uma volta" significa embarcar e andar a esmo pelo rio até se deparar com algo que valha a pena ver.

— Dar uma volta!

Será que a Moon vai me deixar falar alguma coisa?

Iaké faz um sinal pra que a gente se meta no barco maior, sendo ela a última a pular dentro dele, logo depois de soltar a corda.

A habilidade dela com os remos é tanta, que após alguns segundos me mirando de soslaio a Moon dá uma piscadinha e faz um movimento com a cabeça como quem diz "isto sim é remar!"

Sou picada pela irritação. Resmungo um "quase" e me dou conta de que estou com ciúme. A nossa empenhada barqueira não nota nada.

O passeio se estende por cerca de uma hora. Exploramos cada refúgio do rio, por uma extensão de poucos quilômetros. Peixes, aves, macacos, claro-escuros, verdes variados, troncos, todas essas imagens somadas aos sons mais diversos preenchem o silêncio que, vez por outra, é cortado por uma pergunta ou comentário da Moon. Quando retornamos, ela e Iaké estão bastante à vontade uma com a outra, como se fossem amigas de toda uma vida. Mal saltamos do barco, lembro a Moon de que precisamos ir a Manaus e me arrependo assim que as palavras me saem da boca. E se ela convidar a Iaké pra ir junto?

— Ok, vamos logo então, porque preciso pegar também algum dinheiro em casa, além do celular. Sem ele, nada de conversa e eu quero aproveitar pra me conectar com a turma da aula de música. Eles devem ter gravado a última *jam session* na casa de uma tal de Tita. Todo músico gosta de ir lá e eu trouxe meu sax aqui pensando em praticar um pouco mais antes de me juntar a eles.

    Falou e falou, mas nenhum convite a Iaké. Apresso-me na despedida antes que ela cogite pensar em fazê-lo. As duas novas amigas se abraçam antes de combinarem de se falar novamente.

Uma verdade

Em Manaus, reconheço o lado mais cativante da minha amiga. Ela estende sua espontaneidade por todas as lojas onde entramos, e assim saímos de cada uma delas com sinceros pedidos de retorno e convites para uma visita à casa de vendedores, proprietários e até mesmo de clientes que, como nós, fazem turismo pela cidade. Pontos obrigatórios: o Teatro Amazonas, o Largo de São Sebastião e o Centro Cultural Povos da Amazônia. Cumprimos todos.

Tomamos sorvete e suco de todas as frutas imagináveis, compramos sabonetes, perfumes e incensos com aromas locais e nomes divertidos como "mata densa", "margem direita", "margem esquerda", "raiz de dentro", "raiz de fora", e por aí vai. Faço a Moon me prometer que não vai empestear a casa com nenhum deles e ela nem reclama. Para a Moon tudo é uma deliciosa novidade, então eu me muno de paciência e tento controlar a ansiedade até encontrarmos um bar com sinal de *wi-fi*.

Ela fala com o Dô durante quinze minutos. Eu alimento a esperança de que ele diga pra ela me passar o telefone, mas sou obrigada a me contentar com uma rápida menção ao meu nome:

"A Naw tá super bem".

Eu nem tenho certeza de que ela diz isso porque ele perguntou, ou se porque acha que tem que lembrá-lo de que eu existo. Levanto da cadeira e faço um sinal de que vou ao banheiro. Não tenho nada a fazer ali, exceto enxugar as lágrimas que começam a inundar o meu rosto. Quando volto, a Moon já pagou a conta e está fazendo uma foto com o rapaz que nos atendia, um indígena tikuna vestido numa camiseta da Mostra Internacional de Cinema de São Paulo.

— Olha que bacanudo, Naw. Ele me contou que participou de um documentário e ganhou a camiseta da produtora do filme.

Para a Moon, a Terra ainda está girando ao redor do Sol, a alegria impera no mundo e a Amazônia é o centro dele. A verdade da minha cara lavada de onde saltam dois olhos inchados a desperta para o mundo onde *eu estou*.

— Não fica chateada — ela diz, agradecendo com um sinal de positivo o rapaz pela *selfie*. — Tudo vai ficar bem. Nem eu tô entendendo muito a razão de tanta mágoa do meu irmão. Foi só um porre, a dança da cadeira e uns beijos na boca do Breno.

Blen! Um sino despenca do alto da torre e me acerta a memória. Não suporto ouvir nada disso. Que droga de pessoa sou eu?

— Por falar em Breno, o Dô me disse que vai fazer o som da festa de aniversário dele. Engraçado, né? Fica furioso com você, mas topa ser DJ pro Breno. Esses caras são mesmo difíceis de entender.

Como assim? O Dô vai virar amiguinho do cara que eu beijei? Ele não gosta de mim, ele não tá nem aí pra mim. É o que tenho vontade de gritar no meio do bar, mas o que sai da minha boca é apenas:

— Sorte deles!

A Moon me olha desconfiada. Fica em silêncio me escaneando com cara de "será quê...".

— Você por acaso tá a fim do meu irmão, Naw? Não, nem tente negar, tô vendo estampado no seu rosto.

Acho que ela quer rir, mas tenta se controlar porque me conhece o suficiente pra ter absoluta certeza de que rir neste momento vai dar errado.

— Eu preciso te contar uma coisa... — A minha voz sai intranquila.

O tempo congela? Não, não, quem congela sou eu enquanto o pé direito da Moon repica impaciente no chão.

— Desembucha, Naw.

Sem jeito, demoro a convencê-la de que precisamos conversar em outro lugar. Aqui não vai rolar, todo mundo de olho na gente, ou não, talvez eu é que esteja com a atenção redobrada em cada pessoa, dando significados a expressões que não querem dizer nada exceto "puxa, que bar descolado", ou "nossa, um gato esse garçom", ou outro pensamento banal que passa pela cabeça dos turistas quando fazem uma pausa num bar qualquer do planeta.

Ela quer se sentar num banco do Largo de São Sebastião, mas eu insisto que não. Convenço-a a ir embora e assim que nos metemos no barco somos acompanhadas de uma mudez que só se dissipa quando adentramos a sala da casa.

Agora começo a achar que dei peso demais ao segredo e que a confissão nem será tão surpreendente. Ainda assim a ideia de que escondi da minha melhor amiga algo muito importante pode cair como um insulto à nossa amizade, sempre tão sincera.

— Desembucha, Naw. Agora não tem desculpa.

— Promete que não fica brava? — Eu odeio quando me dizem isso, mas não vejo outra maneira de começar a conversa. Não deixa de ser um modo de mostrar logo de cara que me sinto culpada porque fiz algo que vai aborrecê-la.

— Não prometo porcaria nenhuma.

É o que eu esperava.

— Sabe a festa, aquela da dança, a festa que se transformou no maior mico da minha vida? A leseira baré da minha existência? Então... A gente se beijou.

— Naw, eu sei que você e o Breno se beijaram. Aliás, eu e a população da Vila Nova Conceição toda.

— Não, a gente... eu e o Dô.

Devo estar com cara de paspalha, porque é exatamente essa cara que ela faz e eu acho que nesse instante sou como um espelho. Ela vê em mim o que eu vejo nela.

Uma gargalhada, aquela que ela controlou tão bem no bar, explode e bate contra o meu rosto ofendido.

— Tá rindo de quê?

Ela vira as costas e sai andando. Entra no banheiro e bate a porta.

Rindo?

O estrondo é tamanho que meu pai surge do nada e pergunta:

— Brigaram?

Eu não quero dizer que sim, porque sei que daqui a dez minutos a Moon vai reaparecer com ar de paisagem, então dou de ombros e sorrio amarelo como quem diz "você viu só que garota enfezada?". Ele se aproxima e me faz um cafuné, e vendo que eu aceito o carinho me puxa mais pra perto, aninhando a minha cabeça no seu peito.

— *Irc,* pai, você tá todo suado! — E me desvencilho do abraço meio sem jeito.

Ele se resigna e some porta adentro da sala de trabalho, tendo o cuidado de fechá-la devagar, como quem responde educadamente ao chilique ruidoso da Moon segundos atrás.

Onde moram os segredos

Conforme o previsto, estamos a Moon e eu sob um acachapante céu alaranjado e não havia nenhum resquício de mágoa na voz que me perguntou cinco minutos atrás se o beijo do irmão dela é gostoso. Decidida a não omitir nada, respondi que foi o melhor beijo da minha vida, lembrando-a de que a minha experiência não é vasta nesse quesito. Afora o Breno, e talvez outro alguém que eu não me recordo de ter beijado (tomara que não), eu conto dois além do Dô. Deixei de ser BV com o Tuna, quando ainda estudava em Manaus. Eu não sentia nada especial por ele, e o beijo só aconteceu por obra do acaso. Durante um sorteio de "castigos" num jogo de cartas, coube a nós cumprir a sentença. Foi mais engraçado do que bom. Nem foi bom, essa é que é a real. Depois do Tuna, teve o beijo do Gabor, filho de um zoólogo que vivia no Catalão e que foi embora para a Califórnia logo depois de nossas bocas se grudarem uns cinco minutos, deixando no povoado um rastro de fofocas e maledicências a respeito da sua sexualidade, porque ele tinha namorado um menino em Manaus, um garoto na vila e só não ficou comigo porque descobrimos a atração que sentíamos um pelo outro na véspera da sua partida. Mas a atração, que nem chegou a ter espaço para avançar, passou depressa, ao menos pra mim.

— Com o Dô é diferente, é muito intenso. Agora, por exemplo, só de pensar nele me dá um aperto no peito, uma vontade de fechar os olhos e buscar na memória algum momento, alguma música, qualquer coisa que me faça sentir que ele não está tão longe.

Estou me derramando em doçuras, talvez inundando, deixando o coração da minha amiga até o tucupi de emoções que ela não compreende ou resiste em compreender.

— Sei bem como é.

Fora do previsto. Fico sem saber o que dizer, aguardando o seu lado de alguma história ainda desconhecida por mim.

— Eu já fui muito a fim de alguém. Engraçado a gente não ter falado muito dessas coisas, não acha?

Talvez eu ache, não sei, não havia parado pra pensar nisso ainda. Desde que a gente se conhece, fomos três, fomos a tapioca com queijo e goiabada, fomos amigos inseparáveis. Pensando bem, é mesmo muito estranho que nunca tenhamos tocado nesse assunto, nunca tenhamos falado de amor, de paixão.

— Acho que é porque a gente não se apaixonou por ninguém desde que se conheceu — eu digo em voz alta, respondendo ao mesmo tempo a ela e a mim.

— Desde quando o Dô passou a ser diferente pra você?

— Faz uns meses. Não sei dizer exatamente, mas no dia da festa de vocês eu tive absoluta certeza depois daquele beijo. — Minha voz se afoga num gaguejo. — Por isso que eu não entendo e me recuso a aceitar que na mesma noite dei um show bizarro que culminou com a minha língua enfiada na boca do Breno. Como pude, como, como?

Ela segura a minha mão, compreensiva e amorosa. Eu deixo as lágrimas caírem, de cabeça baixa, uma derrotada no campo de uma batalha mal iniciada, uma palhaça num picadeiro demolido por um vendaval.

— Eu te falei há pouco que já fui muito a fim de uma pessoa.
— Sim, e de quem foi?
— Da Lela.

Ergo a cabeça e fixo diretamente o fundo dos olhos coloridos da Moon, não porque a revelação de que ela se apaixonou por uma garota me cause espanto, mas porque a garota em questão, uma estagiária, é a auxiliar da professora de educação física.

— Mas por que da Lela? — A pergunta idiota escapa. Quem sabe explicar por que se apaixona por uma pessoa e não por outra?

Ela move os ombros pra cima e pra baixo. Então me diz rindo:
— Porque ela é ba-ca-nu-da.

A brincadeira chega em boa hora e devolve as coisas aos seus devidos lugares. Somos amigas, quase irmãs, estamos na varanda onde um sol se põe divinamente e não existe nada no mundo que abale a confiança que depositamos uma na outra.

— Concordo contigo, a Lela é daquelas bacanudas bacanérrimas que fazem bacanices abacanadas e não há chance de não nos embacanarmos todos dela.

— Mas já passou, sabe? A paixão. Nem precisa tentar entender. Assim como começou, ela acabou, sem dia, sem hora, sem razão. E agora eu olho pra Lela e vejo uma pessoa comum, até me irrito com umas asneiras que ela diz.

Mais tarde, deitada no quarto, enquanto observo a Moon dormindo na cama ao lado, a minha cabeça começa a maquinar em silêncio.

A quarta pergunta
De onde vem a paixão?

Pode ser que ela venha da vontade de me encontrar em outro alguém. Pode ser que por isso mesmo ela seja cega. Não enxergo a pessoa que desperta em mim a paixão de um amor. Então o que eu enxergo? Por que sinto que estou loucamente apaixonada? Fico pensando no "loucamente" que acabo de juntar à palavra apaixonada. Apaixonar-se é perder a razão? É fazer loucuras? Essas loucuras teriam então mais a ver com o que eu gostaria de fazer e só faço porque escondo de mim mesma que as faço por causa do outro? Por isso sinto que falta um pedaço de mim quando tô longe que só do Dô. Mas a paixão acaba, acabou a da Moon pela Lela, vai acabar a minha também? Mas eu não quero que acabe, quero estar apaixonada pelo Dô pra sempre. É estranho, porque a paixão dói, mesmo quando ela é correspondida, mas ao mesmo tempo é tão bom sentir que a gente ama perdidamente outra pessoa. Perdidamente. Outra palavra pra se pensar. Mas se eu amo perdidamente alguém que eu não vejo, porque quem eu vejo no outro é aquele alguém que eu procuro em mim, quem eu amo afinal de contas?

— Naw, o que você tá fazendo acordada e me olhando com essa cara de louca? Que horas são?

Apago a luz.

Sobre charmes e intenções

Devem ser oito da manhã quando desperto com fons fons fins fons vindos do terraço. Reluto em sair da cama e quando abro as cortinas do quarto, avisto uma saxofonista de biquíni posicionada diante de uma pequena plateia infantil distribuída em duas barcas que flutuam equilibradas pelos remos. Faz ao menos cinco minutos que a Moon se exibe para as crianças da vila, pois faz ao menos cinco minutos que desejo que algum macaco pule da árvore e carregue pra longe o sax da minha amiga.

— Qual é, Moon! Eu estava dormindo. Não preguei o olho a noite inteira.

— Ah, quer dizer que você ainda ficou me secando com aquela cara de louca o resto da noite? Sinistro!

A criançada me encara como quem diz "vai continuar atrapalhando?" e eu acabo sorrindo. Mau humor repentino tem a vantagem de desaparecer rápido. Num impulso, pulo a janela do quarto e dou uma corridinha até o terraço, onde me ajeito pra me juntar a todos. A Moon, em vez de continuar o show, diz pra uma menininha:

— Chama a Iaké?

Sem hesitar um segundo, a menina pula pro nosso barco e rema na direção da casa de Iaké. Em menos de dez minutos, não só a plateia aumenta como também a exibição da Moon, que começa tocando mal, mas se recupera e, sinceramente, extrai o melhor som que eu já ouvi sair do seu saxofone. A *Bachiana nº 5* soa tão sublime que, eu arrisco dizer, cala os animais da floresta. Ou estou exagerando?

Palmas, muitas palmas e elogios depois, estamos a Moon, a Iaké e eu liderando uma corrida de barcos com as crianças. Nada de faz de conta, não tem essa de café com leite, de deixar a meninada ganhar por ser mais jovem do que a gente. *Zaaap zuuum*, remo pra dentro, remo pra fora, nós levamos a sério a competição, que termina assim que encostamos a barca em primeiro lugar numa árvore a uns cinquenta metros de casa. A criançada vai embora e quando eu pergunto a Iaké se ela quer uma carona até sua casa, as palavras não saem da sua boca, mas sim da boca da Moon.

— Vem almoçar com a gente.

Soa como uma ordem? Não, não, o tom é todo simpático, meio mimoso. Mimoso? A convidada sorri (pra Moon, não pra mim) e concorda com um movimento de cabeça charmoso. Charmoso?

Gastamos o resto da manhã no terraço, de biquíni, ouvindo as músicas que eu tinha baixado antes da viagem. Boto pra rolar minha *set list* favorita, que começa com *A última oração*.

Inventamos uma coreografia maluca, que conta com a participação inesperada da Matilde e de um mico já bem velhinho, que não a perde de vista nunca. Normalmente, ele passa o dia indo de um galho pra outro até a hora de ir embora com ela, mas hoje parece ter se animado com a nossa dança a ponto de abandonar sua posição de segurança e se meter entre a gente.

A Moon praticamente enlouquece de alegria. Pula, ela própria como uma macaca, faz caretas, solta gritinhos e então tentar a mão pro mico, mas ele é arredio e se esconde atrás da Matilde, que dá mais alguns passinhos e volta pra cozinha levando-o junto. Todo o tempo da nossa festa improvisada é divertido, mas eu me sinto sobrando. A conexão entre a Moon e a Iaké é diferente, tem um quê de urgente e secreto. Fico encanada. Fico de bico, tipo ridícula, mas fazer o quê?

— Pode me passar o peixe?

A minha pergunta paira sem resposta uns quinze segundos sobre uma suculenta mesa de almoço. Pirarucu de casaca (o melhor peixe do mundo cozido em postas) acompanhado de uarini (uma maçaroca feita de farinha de mandioca grossa, leite de coco e banana pacova) é desde sempre uma especialidade da Matilde. Ninguém faz esse prato melhor do que ela.

Finalmente, alguém se digna a me responder:

— Quer também um pouco de arroz, filha?

Meu pai acabou de se sentar com o atraso costumeiro, depois de ser chamado umas vinte vezes. Trouxe cintilando no rosto as últimas dúvidas de uma batalha travada, provavelmente, no microscópio, pois tem ao redor dos olhos as marcas da lente.

— O que você estava fazendo? — pergunto mais pra marcar território e mostrar pra Moon que eu posso, sim, almoçar sem falar com ela se eu quiser.

A armadilha é idiota, claro, porque assim que meu pai começa a explicar eu o interrompo com um "sei, sei". Não tenho saco pra assunto chato na hora da comida. E resisto apenas mais um segundo antes de perguntar:

— E aí, Moon, que tal o pirarucu?

— Na real, não gostei muito, Naw. A carne desse peixe tem um gosto muito forte.

— Eu também não gosto. Prefiro tambaqui ou aruanã. — É o exibido parecer de Iaké.

Que insulto! Vêm almoçar na minha casa de favor e começam a falar mal da comida. Quem elas pensam que são? As rainhas do Nilo? Empurro o prato com raiva e, quando estou prestes a me levantar da mesa, meu pai propõe:

— Vamos ao cinema hoje à noite? Vão reprisar um filme muito legal, que eu ainda não vi: *Amnésia*.

Ah, tá, pai, conta outra, é o que tenho vontade de dizer. Quem você pensa que engana com essa história de "um filme legal que eu ainda não vi"? Por que não diz de uma vez que você quer ver esse filme porque acha que vai encontrar nele alguma coisa que tem a ver com meu problema? Pois então eu lhe digo que o meu problema, pai, não tem nada a ver com amnésia, eu não invento coisas porque me esqueço, eu invento... eu invento..., eu sei lá por que eu invento!

Mas não digo nada disso.

— Pai, eu já vi esse filme e, além do mais, acho que fica tarde.

— Tarde, Naw? Tá parecendo velha, cansada. Ânimo!

Tenho vontade de esganar a Moon assim que a sua boca se fecha, ela está simplesmente insuportável.

— Ora, vamos lá, filha. Depois podemos comer uma pizza. Você nos acompanha, Priscila?

Trucido?

— Ah... eu vou gostar muito.

Pronto, as duas babaquinhas se olham e sorriem.

— Tá bem. Vocês venceram — digo com falsa resignação aos três idiotas!

Meu único consolo é que, terminado o maldito almoço, a rançosa da Iaké vai pra casa se arrumar.

Simples, mas não muito

"♪ Coração não é tão simples quanto pensa, nele cabe o que não cabe na despensa...". É a décima vez que escutamos a Banda Mais Bonita da Cidade repetir tudo o que cabe num coração e eu não tenho mais um milímetro de dúvida: A Moon está apaixonada pela Iaké. Tento domar o meu ciúme. Por que tenho que alimentar dentro de mim esse sentimento de posse egoísta? Por que não posso simplesmente abraçar a minha melhor amiga e aliviar a coisa pra ela, revelando o que ela ainda não teve chance, ou coragem, de me dizer? Aqui está ela, estirada no chão da sala de olhos fechados, e a mim foi dado pela amizade o raro privilégio de imaginar o que está se passando dentro da sua cabeça. Talvez o *flash* de um momento da corrida de barcos, um giro de cabeça para arrumar as sandálias, um jeito de rir, coisas que não me dizem nada, totalmente insignificantes e, portanto, despercebidas por mim, mas que fizeram bater com mais força o coração dela num dado instante e agora voltam a fazer isso porque ela quer, porque é o que ela mais deseja, porque ela busca essas lembranças com toda a energia nas gavetas da memória.

— Cabe a Iaké no seu coração, né? — Eu finalmente baixo a guarda.

A Moon dá meia-volta, colocando-se de bruços pra me fixar bem de frente.

— Achei que você não ia me perguntar isso nunca, Naw! Eu estava louca pra te contar, mas você anda tão mal-humorada...

— Desculpa. Fiquei com ciúme, acho. É que eu não quero que você deixe de ser minha amiga por causa dela. Tipo... Puxa vida, tem coisas que a gente faz juntas que ela não tem que fazer junto também!

Uma gargalhada gostosa e sincera é a resposta que me chega. Depois:

— Naw, não tem nada a ver.

— Tá, eu sei, eu sei. Promete que não vai me deixar de lado?

— Não prometo porcaria nenhuma!

O tom é divertido, a frase acaba de ser dita como uma marca registrada da sua personalidade, um jeito de dizer o que se quer como se nem fosse preciso e por isso se diz com graça, com humor. Rimos, e eu me sento no chão ao lado dela.

— Ela é bacanuda, não é?

A pergunta da Moon vem enganchada num toque brincalhão do seu ombro contra a minha coxa. Ela permanece deitada, apenas virou-se de lado e me encara com a sobrancelha direita maliciosamente arqueada.

— Prefiro seu irmão. — E a minha sobrancelha não arqueia por questões genéticas. Mas temos um código já praticado para esses momentos, portanto à sua sobrancelha sem-vergonha eu emendo um bico carnudo, tipo boca a ser beijada pelo cara mais gostoso do mundo.

Então nos largamos apaziguadas no chão e toca pela enésima vez a *Última Oração*. "♪ Meu amor, essa é a última oração pra salvar seu coração..."

Retratos

O barco desliza sob uma lua indolente que tenta afastar a espessa camada de nuvens noturnas. O breu amazônico é como um *e-mail* dos deuses avisando que tudo o que você vê não passa de uma breve concessão da escuridão, que ela sim impera, é real, densa, impenetrável e dona do mundo.

A Moon caprichou no visual. Percebo porque sou sua amiga, conheço suas preferências e sua economia em fazer uso de algumas delas. Por exemplo, blusa em vez das inseparáveis camisetas. Ela está vestindo uma do tipo bata, de algodão branco, um pouco transparente. Simples e sensual. Calça jeans, sandálias. A Iaké me parece também mais arrumada do que de costume no seu vestido verde de alcinhas. Sandálias e um colar de couro com uma pedra verde do rio como pingente. As duas enjoativamente perfumadas, o que não me deu outra opção a não ser me sentar ao lado do meu pai, que me cutuca a cada segundo pra mostrar alguma luminescência no fundo das águas negras.

— Moon, acho que você exagerou — digo apertando o nariz com a ponta dos dedos, mais pra quebrar o silêncio do que qualquer outra coisa, já que para esse inconveniente não há mais solução, a não ser que ela se jogue no rio. Dou duas fungadas e volto o rosto para o lado. Melhor respirar assim.

Filme mudo

Estivemos duas horas no cineclube Tarumã, uma na sua pizzaria favorita, depois mais uma hora vindo de lá para casa. Meu pai acaba de me relatar cada passo e agora arregala os olhos e me pergunta por que eu disse aquilo. Por que eu disse? Não sei a que "aquilo" ele se refere, porque não me lembro de ter dito nada. Lembro de ter estado em todos esses lugares, lembro que as paredes azuis do cineclube estavam manchadas de mofo, que me sentei numa poltrona entre a Moon e meu pai, lembro de muitas imagens do filme, lembro de ter comido pizza marguerita e pizza de chocolate com banana, de ter sido a primeira a me sentar no barco e de ser a última a sair dele porque todos pareciam aborrecidos comigo.

Lembro detalhes de um olhar espantado da Moon, de uma cara feia da Iaké, de um queixo caído de surpresa na cara do meu pai. Imagens, todas. Mas palavra nenhuma. Memórias desprovidas de sons, ancoradas apenas no sentido de variadas cenas. Cinema mudo e sem legendas. Estive ali, presente, falando coisas (terríveis, pelo jeito) e ao me lembrar desses momentos é como se não tivesse participado ativamente de nada, é como se tivesse acompanhado de dentro de um sonho todos eles, eu em algum ponto estranho e eles totalmente reais. Estou assustada.

Sobre *Amnésia*, por exemplo, posso dizer do que se trata porque já conhecia a história, já tinha assistido ao filme tempos atrás, então por algum mecanismo misterioso é como se a antiga memória, completa, se sobrepusesse à memória real dessa sessão. E a vontade que tenho agora, enquanto meu pai me questiona sobre as coisas que eu disse, é rebobinar as cenas, recorrer a uma montagem diferente e assim dar a elas outro sentido, como ocorre no filme. Mas não tenho esse poder.

— Cadê a Moon? — A pergunta sai trêmula e um pouco chorosa.

— Está lá fora. Triste, dizendo que desta vez você ultrapassou os limites. Filha, eu sei que vocês vão embora daqui a dois dias, mas eu quero te levar a um neurologista. O que você disse... Se eu soubesse... Não imaginei que a situação pudesse ser tão alarmante.

Nada do que ele diz me importa tanto quanto saber se a Moon me perdoará.

Caminho até o terraço e avisto minha melhor amiga (ex?) pingando (tomou banho no rio) sentada num tronco grosso e velho que nos serve de banco.

— Moon, me desculpa? Eu não sei o que eu falei, mas tenho certeza de que foi alguma imensa bobagem, alguma estupidez, como sempre. Mas eu não me lembro, juro que não e...

— Você inventou sabe o quê? Inventou que eu cuspi numa menina porque ela disse que gostava de meninas! Que eu debochei dela, xinguei. Ou seja, inventou uma pessoa que eu não sou, me fez parecer uma fraude, uma impostora, e ainda por cima preconceituosa!

As primeiras palavras saíram sob algum controle, mas ela agora berra tomada por uma convulsão sanguínea. Fico calada, mordendo por dentro sua violência.

— E sabe o que a Iaké fez? Nada. Ficou quieta, toda encolhida dentro dela mesma, como se tivesse caído numa armadilha fatal. Não teve jeito de me escutar, assim que chegamos ela entrou na canoa dela e foi embora. Você... você... você é um monstro!

Punhal. Crava, rasga, dilacera. As lágrimas como corredeiras nos meus olhos, não tenho o que dizer em minha defesa, sou mesmo isso, um monstro, um monstro que deveria ter permanecido em sua solidão para não machucar os outros, um monstro que é capaz de amar, de querer o bem, de rir, chorar... de implorar:

— Me perdoa, Moon! Por favor, me perdoa. Eu não faço de propósito, não sei o que me dá, não sei o que causa, não sei o que pode evitar. Me perdoa!

Ela me deixa falando sozinha e desaparece na direção do quarto. Meu pai vem em meu socorro, me abraça forte, tentando me confortar.

— Amanhã ela vai estar mais tranquila. E nós podemos começar a dar um jeito nas coisas hoje mesmo. O que acha? Vamos até a casa da Priscila, e você explica o que aconteceu... o que puder explicar. Ela sabe que você cria essas memórias?

— Não, quer dizer, acho que não.

— Pois eu vou com você lá e te ajudo a contar. Vamos?

Hesito um instante, mas percebo que é o melhor a fazer.

O céu ainda mais escuro testemunha quando atamos o barco diante da casa. Yo'I e a mulher surgem na varanda assustados. Por entre as cortinas da sala, avisto o rosto de Iaké.

A noite vai ser longa.

Sobre a amizade

São sete da manhã quando a Moon se senta diante da mesa e encontra o bilhete: "Amigo é casa que se faz aos poucos". É o trecho de uma música gravada pelo Lenine que ela apresentou pra mim logo depois que a gente se conheceu. O bilhete está ali desde as quatro da manhã, esperando ansiosamente pela sua leitura. Foi escrito com culpa, dobrado com esperança.

Observo do sofá, com o canto dos olhos, a sua reação. Ela dobra (não amassa!) o papel e o coloca ao lado da xícara. Serve-se de café, uma fatia de pão. Ignora todo o resto. Faz a refeição como se estivesse na lua. Eu me aproximo devagar.

— A Iaké vem aqui às nove horas — começo dizendo —, eu já expliquei as coisas pra ela, e também pedi desculpas.

Silêncio.

— Quero dizer, eu falei pra ela que eu inventei tudo aquilo. Ela me desculpou. Acho. Não, ela me desculpou de verdade, eu vi nos olhos dela.

— Eu também te desculpei, Naw. Te desculpei primeiro num sonho que tive, e te desculpo agora. E... bem... Eu peço desculpas por ter te chamado de monstro.

Não há razão para conter o sorriso que invade todo o meu rosto, nem as lágrimas que escorrem, salgando a minha boca. Dou um abraço nela, o mais forte que já dei em alguém, e nos fitamos profundamente durante uns segundos até que ela diz:

— Senta aí, Naw. Vamos planejar o nosso penúltimo dia.

Meu pai grita da sua sala de trabalho que marcou hora no neurologista para amanhã de manhã. Não pretende me deixar voltar pra São Paulo sem saber se tenho alguma doença.

Logo depois chega a Iaké e passamos toda a manhã em passeios pela vizinhança. Vamos espiar as galinhas, a Moon toca um pouco de saxofone para as crianças, os macacos se empoleiram nas árvores próximas pra ouvir. O dia é quente e abafado, por isso entramos no rio muitas vezes, intercalando os mergulhos com pausas curtas, de bubuia na varanda até que nos sequemos e comecemos tudo de novo. Num momento, percebo que é hora de me afastar e deixar a Moon e a Iaké a sós. Digo que vou fazer um suco e fico na cozinha papeando com a Matilde. De vez em quando, estico o pescoço pra ver o que está rolando na varanda e, numa dessas espiadas, me defronto com uma cena romântica. As duas acabam de se beijar e se abraçam, a Moon deita a cabeça no ombro da... namorada? Ciúme, respiro fundo, não vou negar, mas também fico feliz. E sinto um aperto de saudade do Dô. Será que ele tá ficando com alguém?

— Naw, vem cá!

O chamado da Moon me faz terminar num gole o suco que seguro distraída nas mãos. Encho dois copos e vou atender minha amiga.

— Tem um lugar desta casa que você ainda não me mostrou. O que é aquela janelinha ali em cima? — Ela aponta na direção de uma torre pequena, ao lado da casa, feita de madeira e carcomida pelo tempo. Eu mesma não me lembro de quando estive ali pela última vez.

— É um lugar onde guardamos coisas velhas. Já disse pro meu pai que daqui a alguns anos ele vai ser colocado nesse buraco também.

Risadas, a piada nem é tão boa, mas rimos porque estamos muito felizes.

— Depois do almoço vamos lá? Quero ver que coisas velhas são estas.

Qualquer pedido dela é desde já a coisa mais importante da minha vida.

A conversa no começo da tarde, com três barrigas empachadas do melhor da culinária local, começou com opiniões do meu pai sobre *Amnésia*, que ainda não havíamos tido a oportunidade de comentar. Não tenho dúvida de que ele usou de sua estratégia a fim de retomar um assunto pendente (minhas falsas lembranças) e ressaltar que eu tenho que ir ao médico amanhã de qualquer jeito, que se não for não volto pra São Paulo, blablablá, blablablá.

— Outro dia eu li num *blog* um texto sobre a memória e sobre como os nossos cinco sentidos são afetados por ela.

A informação que a Moon põe na roda não chega a mudar a rota do barco, mas abre novas possibilidades de discussão, e eu agarro a chance com unhas e dentes.

— Siiiim! Gosto de abacate com leite, por exemplo... Toda vez que tomo abacate batido com leite, eu lembro do meu pai na cozinha. Lembra, pai, que você fazia isso pra mim quando eu era pequena?

Ele concorda com um leve balançar de cabeça e diz:

— E toda vez que chove e a floresta começa a exalar um cheiro de... de... floresta, não sei dizer de outra forma, eu lembro da primeira vez que saí de barco com seu avô.

— E eu — é a Moon que vem dar a sua contribuição sensorial — me lembro do meu pai toda vez que sinto cheiro de manjericão.

Meu pai olha pra minha melhor amiga com ternura e eu, antes mesmo de pensar no que fazer, seguro sua mão penetrando com ela num familiar mundo de manjericões, pratos sobre a mesa, música, risos. Ficamos no silêncio dessas lembranças até que eu finalmente proponho:

— Vamos até a torre ver a quinquilharia que meu pai guarda ali?

Fervedouro

Juro que dá medo comprovar a capacidade que algumas pessoas têm de acumular porcarias. Meu pai, tão sistemático nos seus estudos, deve juntar essa montanha de inutilidades por alguma razão que Freud explicaria. Senão, pra que guardar um espremedor de frutas sem uma parte do treco de espremer, um canivete enferrujado que não abre, um paletó mofado, um pé de chinelo sem tira, dois olhos de alguma boneca (só pode ser). Dá pra ficar falando até amanhã do que vemos espalhado no chão do pequeno depósito, iluminado por um ponto de luz à meia altura, muito perto de nossas cabeças. Tudo, tudo jogado como se fosse parte do assoalho há anos.

— Com certeza, ele abre a porta e arremessa a tralha aqui sem nem ao menos se dar ao trabalho de olhar! — digo agachando-me para pegar uma colher de plástico coberta de pó. — Olha só isso! Uma droga de colherinha de xarope. Quem ele pensa que vai meter essa bomba de pó, vírus e bactérias na boca?

— E isto, Naw? Dá uma olhada nesse negócio!

Nossas cabeças se juntam sob o minguado facho de luz. A

Moon alcança aquilo que um dia pode ter sido uma vara de pesca e cutuca uma coisa dura, nem grande nem pequena. Com orelhas?

— Um rato!

Não, não é um rato, é uma cotia. Seca, ele está seca provavelmente há milênios.

— Seu pai é empalhador nas horas vagas? Que tipinho... — A risada começa antes da segunda frase.

Empurramos o cadáver pra junto da porta. Só então notamos que no canto esquerdo, encostada à parede da porta, coberta de uma sujeira ancestral e envolta em muitas teias de aranha, uma maletinha apodrece. A curiosidade, sei eu muito bem, é capaz de unir intenções, atenções e ações. Meio segundo depois, estamos limpando a maleta com um trapo sob o amigável facho de luz.

A malinha é de um couro avermelhado, não tem mais do que cinquenta centímetros de comprimento e está fechada com cadeado. Uma desafiadora troca de olhares, corro até a cozinha e volto com uma faca.

— Ué, já abriu?

— O cadeado estava aberto — A Moon responde num tom de robô, a atenção roubada pelo conteúdo da mala.

Eu me aproximo devagar, nunca se sabe. Outro cadáver? Agora numa mala e em pedaços? Meu pai não é empalhador e sim estripador? Pro meu alívio, o que vejo não tem nada de espetacular, ao menos não no sentido mórbido. Ainda assim, as pernas amolecem, a pulsação acelera. Um receio.

— Naw, senta aqui. É da sua mãe.

Não sei se quero.

— Acho que esta camiseta é dela, olha.

Por quê?

— Naw? Tá me ouvindo?

— Por que você fica dizendo que isso é da minha mãe?

— Porque sim. De quem ia ser? Uma mala antiga, empoeirada, socada neste antro de sujeira, com um monte de cacareco de mulher dentro... Só pode ser!

Dou um suspiro resignado e finalmente me sento no chão disposta a encarar a viagem que se inicia. Olho detidamente o interior da mala, a atenção dispensada para os três objetos que durante anos dormem ali é prolongada, refletida. Uma camiseta cinza, de mangas curtas, com uma estampa do Che Guevara, um colar de couro com chinelinho de couro como pingente e uma fotografia colorida, um pouco desbotada, feita com polaroide. Pego a fotografia e observo atentamente a cena. Uma mulher de cabelos castanho-claros, longos e lisos, sobrancelhas finas, vestindo uma saia de algodão cru, blusa de alcinha de batik azul e branca, tem no pescoço o mesmo colar de chinelinho da mala. Ela faz uma pose engraçada, com os braços unidos em forma de triângulo na altura do rosto. Está diante de uma construção antiga. O prédio é amarelo, cheio de janelinhas e tem uma placa na fachada onde se lê: Aromas da Amazônia.

— Naw, você *não* é igualzinha a ela.

A Moon tá tão perto que sinto a respiração e a decepção dela no pescoço. A ênfase no "não" é a prova mais contundente de como certas circunstâncias nos enredam em ideias clichê. Não, Moon, você não vai poder dizer que eu sou um carimbo da minha mãe, eu sou parecida é com a minha avó, mãe do meu pai, a pessoa de quem eu ainda não te contei a história porque tomei conhecimento dela há pouco tempo. Até mesmo meus dedos tortos não são originais, me disse meu pai, eles são iguais aos do meu avô.

— É mesmo ela... minha mãe. — Não sei por que tenho esta certeza.

Os dentes dela não estão à mostra, então observo atentamente os lábios que, apertados como se amarrassem um sorriso, são carnudos como os meus. Ao menos isso nós temos em comum.

— Fala aí, Eulália, beleza? — A Moon sabe como ninguém quebrar protocolos e tirar a solenidade do momento. É exatamente o que eu preciso. — Deixa eu ver a foto — ela diz arrancando-a da minha mão. Em seguida, fica em pé e aproxima mais a imagem do ponto de luz.

— A construção parece uma fábrica, você viu? Dá pra ver que atrás de uma janelinha aberta tem uma máquina esquisita... E ali do lado da pilastra da esquerda, tem uma entrada lateral com uma seta, como se fosse uma indicação. Casas comuns, onde moram pessoas comuns, não têm indicação, certo?

Fico em pé e tiro a foto das mãos dela. Sim, sim, sim. Vejo tudo isso e vejo agora também a sombra do fotógrafo refletida no chão de terra batida. A construção está rodeada de árvores. Parece brotada.

Num ímpeto, saio dali com a foto nas mãos e corro até a sala de estudos do meu pai, tudo isso tendo em meus calcanhares a Moon como um papagaio, o que foi, Naw, o que foi, Naw? Meu pai está mergulhado num bicho como sempre. Assusta-se com o tom descontrolado da minha pergunta.

— Essa sombra é sua? É? É?

— Que sombra? Que foto é essa?

Eu praticamente esfrego a foto na cara dele, agora pálido, como se um monstro adormecido saísse das suas entranhas, quase como um vômito.

— E então?

O meu tom é ainda mais alto e impertinente.

— Não, não fui eu que tirei esta foto. Foi meu pai.

Meu avô? Quando?

— Você disse que mal conheceu minha mãe! Por que meu avô ia tirar uma foto dela?

— Eu nunca disse isso. O que eu disse é que sua mãe *passou* pela minha vida. E, de fato, passou. Mas seu avô a conhecia bem.

Meu avô, minha mãe, conexões abomináveis começam a se montar na minha cabeça, será que...

— Meu avô namorou com a minha mãe e ela namorou com você, é isto?

— Quê? De onde você tirou essa ideia? Vai me dizer que lembra disso?

A cara dele é só preocupação.

— Pai, eu tô fazendo uma pergunta, não tô dizendo que lembro de droga nenhuma. Responde!

— Acho que você tá vendo muita novela, isso sim. Nawar, a sua mãe e o seu avô foram colegas de trabalho numa fábrica de uma localidade nos arredores de Manaus. A sombra é dele. Nesse tempo eu nem sabia da existência dela. Eu a conheci uns três anos depois, no enterro dele.

A Moon, até então de bico fechado, resolve providenciar duas cadeiras. Nem cogita nos deixar a sós, e o que eu mais quero agora é ela ao meu lado. Na real, queria também que o Dô estivesse aqui.

— Fala de uma vez, pai.

— Não tenho muito pra falar, vou ser objetivo e sucinto: sua mãe trabalhava numa fábrica de perfumes, no setor de embalagens. Seu avô era gerente. Um dia a pessoa encarregada de criar os perfumes pediu demissão. Sua mãe disse então ao seu avô que achava que tinha um bom olfato e pediu pra fazer um teste, porque, não sei se você sabe, uma pessoa que trabalha inventando aromas precisa ter um nariz privilegiado. Pois sua mãe tem.

— Uhuuu, e a Naw também! — Se tivesse um rojão nas mãos,

a Moon soltava.

— Você quer dizer que eu tenho o mesmo dom que a minha mãe? Por que nunca me contou nada disso? Que droga de pai é você?

— Contar pra quê? Muda alguma coisa na sua vida?

— Pai, você é tonto ou tá se fazendo? Assim não vai dar pra conversar.

Definitivamente? Ele está longe que só do equilíbrio, mas disfarça. E eu amoleço.

— Tá, a gente conversa mais tarde. Acho que você precisa pensar no que fez. — Falo como ele me falou muitas vezes quando eu fazia alguma travessura.

Ele bufa e faz um gesto com a mão, como se espanasse a gente da sua frente.

— Um bom banho de rio é do que a gente precisa — digo pra Moon.

Antes de sair, me enfio na camiseta do Che.

Em lugar nenhum

Estou diante do delegado e ele acaba de me perguntar em que momento o nariz roubou meu carro. Ele me pergunta isso com os olhos pulando (opa, mais uma vez, cuidado com as palavras!) do meu rosto para o rosto de todas as outras testemunhas, gente estupefata como eu com a experiência vivenciada no banco há pouco mais de quarenta minutos. Logo depois do assalto, eu respondo. Logo depois de cheirar todo o dinheiro trazido pelo caixa numa sacola.

Haicai do cheiro

Ocre odor de amor
Fincado no peitoril
Negro rio além

E então, doutor?

— Eu disse: "Naw, vamos até Manaus. Quero falar com o Dô, tenho medo de que ele se esqueça de buscar a gente no aeroporto". E você: "Moon, eu falei com ele ontem! Ele não vai poder buscar a gente, disse que está em Amsterdã, numa *rave*". Então eu percebi que você não estava bem, mas achei que, sei lá, ir pro quarto e dar um cochilo pudesse ajudar. Mas não, você se trancou no quarto e não respondeu mais. Seu pai esmurrou a porta, eu gritei feito louca, e nada. Então ele e o Yo'I arrombaram a porta e você estava escrevendo feito uma zumbi, um monte de coisas sem pé nem cabeça, ah, sim, teve o haicai, legal, legal, mas então a gente te trouxe pra cá, você continuou dizendo absurdos, disse pro médico que tinha enfartado na semana passada, falou pra enfermeira que tomava remédios para esquizofrenia, voltou a falar do Dô, que ele tinha te ligado de São Paulo, e ficou respondendo coisas sem sentido até que o médico te mandou pra sala de exames.

— E cadê minha roupa? A camiseta do Che, onde ficou? Não me deixa esquecer aqui.

— Não se preocupe, eu guardei sua roupa na minha mochila

quando você teve que colocar esse avental verde ridículo.

Bunda de fora, o modelo do avental.

— Pois *entonces, ahora si yo* conheço Nawar! — A voz do médico parece um trovão, e ele pretende sobrepor com essa frase bem-humorada os raios que, imagino eu, virão em seguida. Fala um portunhol esdrúxulo.

— Filha, o doutor Gutierrez já me adiantou que os exames não indicaram nenhuma doença, certo doutor?

— Exato. Tomografia, eletroencefalograma, ressonância magnética do cérebro, todos com *padróes normales*. Os exames de laboratório também. Você está *perfecta, meninha*!

Diante da minha cara de "e então...", ele prossegue:

— Recomendo que *busques la* ajuda de um terapeuta. *El* problema deve ter origem psicológica. Essa sua amiga *acá* — ele abre um largo sorriso para a Moon — me confidenciou que nunca viu você *tan* "atacada", palavras dela, *mira,* porque no meu dicionário científico *no hay* lugar para esses termos. *Yo* digo "surtada".

E quem te disse que "surtada" soa melhor do que "atacada"? Surto me remete imediatamente a doenças, talvez um tipo de esquizofrenia raro, ao passo que "atacada" me faz sentir mais normal, afinal "ataques" a própria Moon tem aos montes: de ciúmes, de raiva, de fome.

— Ei, espera aí, do jeito que você tá falando parece que eu fui reclamar dela!

— Não, Moon, fica tranquila, eu não pensei nada disso. E, na real, eu tenho que agradecer por ter uma amiga que presta tanta atenção em mim, que me conhece por dentro. Se você diz que nunca me viu tão atacada, eu acredito e pergunto: por que, doutor? Alguma hipótese?

Meu pai se afasta e caminha até a janela do quarto. Lá fora eu sei que existe um jardim imenso e no final dele um parquinho infantil onde brincamos algumas vezes na minha infância. Ele está ansioso, nota-se pelo movimento dos dedos que não saíram da boca desde que o médico entrou. Meu pai rói uma unha e cospe pela janela.

— Hipótese *no* tenho, mas te digo que buscar pistas pode te ajudar a obter *alguna*. Na verdade, *la ocasion é perfecta* para se iniciar *una* pesquisa. Digamos que você tem *ahora la faca e el queso en las manos,* porque, *mira,* faz quantos dias que vocês *chegaron*?

— Cinco dias — diz meu pai a caminho da cama. Ele me empurra pro lado e se deita comigo. O médico acha graça, mas prossegue:

— *Bueno,* nesses cinco dias, segundo *lo* que vocês dois me disseram... — o olhar dele se dirige ao meu pai e então à Moon — *bueno, la meninha* teve dois surtos. Isto é *una* verdadeira preciosidade, *el* sonho de todo e qualquer cientista: *la* ocorrência de eventos incomuns num espaço curto de tempo em determinado lugar. Pensem, pensem. Remontem *los* dias e tentem descobrir o que houve de diferente, busquem *los padróes,* ponham *la* massa encefálica para trabalhar. — Quando diz isso, o doutor Gutierrez dá dois toquinhos com o dedo indicador na testa. — Descobrir *la razón* pode curar você, *meninha.*

E sai do quarto.

Interiores

Do hospital pra casa, o momento das despedidas. Dolorosas, claro. A Moon e a Iaké desaguaram, praticamente criaram um afluente de lágrimas do Rio Negro, num drama com lances de novela mexicana, começando pelo desespero da Moon que, na última hora, quis adiar a volta. Vamos ficar mais dois dias, não faz mal, são só dois dias de falta no colégio, o Dô te passa a matéria, eu me viro, mas eu preciso ficar mais um pouco, você entende? Entender eu entendo, mas eu não suporto ficar nem mais um segundo aqui, principalmente agora que meu pai anda na minha cola, feito maritaca, tá bem, filha, tá bem, filha, tá bem, filha? Ufa! Eu preciso do meu canto e ele agora existe em São Paulo, e eu também preciso ver o Dô, preciso da risada, da voz, das conversas, das piadas, do jeito que ele passa a mão no queixo quando acaba de tomar sorvete, do balanço dos ombros quando ouve música. E do cheiro. Mais que tudo, do cheiro do Dô. Naw, por favor, por favor, só mais dois dias! Moon, não prolonga a despedida, ela vai acontecer de qualquer jeito, vocês vão se ver de novo, claro, não duvida disso, eu tenho certeza, então, diz pra Iaké ir te visitar, mas tem o pai dela, não sei não, ah, ele é legal, vai deixar, ele quer o bem dela, mas quando, quando então?

— Depois do Natal. A Iaké pode passar o Ano-Novo com a gente. O que acha?

E o convite é feito logo depois. Mais tarde, quando estamos pulando dentro do barco com Yo'I e meu pai, a Iaké chega ofegante trazendo uma flauta de bambu.

— Fiz pra você. — Então se estica toda, entrega a flauta pra Moon e dá um beijo nela. No rosto. Nada a ver com os mega beijaços que eu tinha visto mais cedo no terraço. Uma dúvida que me cutucava se torna, então, uma certeza: Iaké esconde do pai que está ficando com a Moon. Pelo modo como a minha melhor amiga acaba de aceitar esse singelo beijinho no rosto, eu acho que ela sabe disso. E compreende. Faz sentido agora todo aquele receio a respeito de convidar a Iaké pra nos visitar em São Paulo. Vai ser complexo explicar para o Yo'I esse relacionamento.

O barco se distancia manso pelas águas escuras de um rio que não permite aos azuis do céu nenhuma aproximação. Um aceno de adeus se prolonga até desaparecermos. Pouco depois, o primeiro ronco do motor abafa a última frase da Moon: "Até o Ano-Novo, Iaké."

O voo dos sentidos

— Bebida? — pergunta a aeromoça.

— Suco de uva. E você, Moon?

— Água.

É a primeira palavra que ela pronuncia desde a decolagem, e seus olhos ainda permanecem fechados. Não tá a fim de papo, e eu preciso muito de um. Tento:

— Não vejo a hora de chegar. O Dô confirmou que vem pegar a gente, né?

— Hum hum — de olhos fechados.

Calo a boca e pego o livro que comprei na livraria do aeroporto: *Uma história natural dos sentidos*. O título chamou minha atenção por razões óbvias. "A obra indaga e responde a perguntas como estas: como sabem os perfumistas que odores são capazes de nos atrair? Por que a música nos estimula? Como é que se iniciou o hábito do beijo na boca? Por que o chocolate nos desperta desejos?", informa o texto da orelha. Meus dedos se animam e chegam ao sumário. Ãhã, começamos bem! O primeiro capítulo é sobre o olfato. Quero muito saber como eu e minha mãe adquirimos o dom para identificar os cheiros mais diversos, como se fôssemos cães farejadores. Mergulho de cabeça na leitura.

A viagem de Manaus a São Paulo leva quase três horas. O carrinho do jantar começou a circular há dez minutos e lá se foram trinta páginas. Fecho o livro a contragosto, totalmente envolvida com o que estou aprendendo, mas o estômago sinaliza que vai gritar e que o ronco do motor do avião vai se tornar um miado se a comida não entrar pela minha boca imediatamente. Cutuco a Moon. Não sei se a arranco de um sonho ou de um pântano de pensamentos.

— Vão servir a janta.

Ela esfrega as mãos nos olhos, abaixa a mesinha e sorri.

— Sonhei que a gente estava em Barcelona.

Eu nunca estive lá, ela sim.

— A Iaké tinha comprado um cachecol pra mim nas Ramblas, você e o Dô estavam sentados num café e eu... sabe o que eu fazia? Tocava sax numa esquina e, olha, já tinha juntado uns trocados.

Ufa, um bom sonho, os olhos coloridos piscam satisfeitos, ela tem apetite, porque fecha e abre a mesinha com impaciência. A nossa porção plástica de cenoura, frango e arroz finalmente surge. É pegar ou largar. Pegamos.

— Que tal o livro? — A frase sai apertada de uma boca cheia de comida.

— Demais! Tô pirando com muitas coisas. Por exemplo: Aposto que você nunca parou pra pensar que está exposta aos cheiros do mundo o tempo todo, quer queira, quer não. O único jeito de você se livrar dessa situação é parando de respirar, mas aí você morre, claro.

— Ah, mas não sei se eu ia gastar setenta reais num livro só pra saber isso. Prefiro saber por que existem pessoas que sentem mais cheiros que outras. Já chegou nessa parte?

— É a parte que eu estava lendo agora. Por enquanto, só sei que o olfato é nosso sentido mais direto e que no nariz, em cada narina, existe uma região olfativa que é amarela. A hereditariedade define a intensidade desse amarelo. Quanto mais forte, mais apurado é o olfato.

— Que ba-ca-nu-do. — O "nu" sai mais longo e forte do que as outras sílabas. — Deixa eu ver, vira aí sua cabeça pra cima — ela continua e aproxima o garfo do buraco do meu nariz.

— Tonta! Come e não perturba, vai. Aproveita a gororoba porque é só o que vem.

A comida, apesar de ruim, ocupou todo o espaço de um ânimo reservado para a leitura. Além disso, ver a Moon outra vez de olhos fechados me enche de silêncios, por isso eu guardo o livro, meto os fones de música no ouvido e me ponho a imaginar como será o reencontro com o Dô. Não demora e o fantasma do Breno tira toda a minha alegria. Vou ter que me explicar, mas como? Como justificar que naquela noite, depois de tudo que tinha acontecido, a minha boca grudou na boca de outro cara e não só na do Dô? Bebi demais parece uma desculpa idiota, só que é a pura verdade. Agi como se tivesse surtado por causa de uns míseros copos de uma droga de vodca que eu nem lembro de ter bebido, também nem lembro se gostei de beijar o Breno, devo ter gostado, pra ficar com ele a noite toda, mas do gosto bom do beijo do Dô eu lembro bem, todo dia, toda hora, é o que vou dizer pra ele, e vou dizer também que eu nunca senti por ninguém o que sinto por ele, mas se ele estiver com muita raiva, se estiver ficando com alguma garota, a irmã do Breno, por exemplo, como é que eu não pensei nisso antes, sim, pode ser, tá todo amiguinho do Breno, aquela lambisgoia, se ele estiver pegando essa ridícula vai ser a maior decepção da minha vida, não, não, não pode, ela não tem nada a ver com ele, com tudo o que eu sei dele, com os gostos, com o jeito desencanado, com a imaginação pra transformar qualquer festinha boba num mega acontecimento, *música no ar, a dançar a multidão, Dô beija Nawar,* um hacai!

Pego uma caneta na mochila e anoto. Aumento o som da música e deixo que o Arnaldo Antunes me carregue no seu *disco voador.*

— Naw, Naw, acorda. Chegamos.

Instantâneo

Ali está ele, destacado de toda a gente que se aglomera na saída do setor de bagagens, dentes à mostra, olhos bem abertos, um aceno em nossa direção. Dizer que meu coração pula pra lá e pra cá é pouco. Ele rodopia, quer alcançar o caminho da boca, que eu abro insegura, deixando que um pequeno sorriso se insinue, mas perco o controle e os dentes todos se exibem e o meu olhar também sorri arreganhado e eu caminho devagar, atrás da Moon, primeiro ela, a troca de olhares por trás de seus ombros e eu vou sentir tudo, vou saber, e talvez seja hora de chorar, de abraçar, de apertar e cheirar, pode ser que não, pode ser um jeito duro, um chega pra lá, não me toque, não me fale.

Eu vou lá e beijo.

Na boca.

Identidades

Dentro do carro, um jeito novo de sentar, de cruzar as pernas, de encarar a cidade. As diferenças estão em mim, e eu vou me percebendo aos poucos. O motorista do aplicativo dirige em silêncio. A Moon vai no banco ao lado dele envolta em pensamentos. Do meu lado, no banco de trás, o Dô sorri a todo momento. A boca transformada num piano sopra uma mesma melodia.

— Dá pra abaixar o som um pouquinho? — pede a Moon.

Não chega a ser uma queixa. Ela tem uma expressão tão enfeitiçada quanto a minha. Mas o Dô discorda:

— Caraca, Moon. Como você reclama. Moço, pode colocar esse *pendrive* pra tocar a partir da faixa 4, por favor? Prestem atenção, meninas. Eu levei a noite toda preparando esta *set list*! Moon, ao menos escuta, sua rabugenta. Naw, me diz o que você acha.

O olhar dele é inteiro pra mim. Estremeço de alegria, de falta de jeito. Forço o pescoço pra frente, a Moon ainda vagando pelas ruas, reconhecendo os edifícios, o corre-corre, os ruídos, o ar pesado, o cinza trancado no céu. Talvez nada disso, talvez só Iaké. Nem sei se ouviu o que ele disse.

— Incrível, Dô. Essa percussão é indígena, né? Você mixou os sons do Quarup com quem?

— Moby, Naw. O bom e velho Moby. Mas presta atenção, porque vai ter uma surpresa daqui a pouco.

Abro o vidro do carro. O som está alto o suficiente pra encobrir o caos do trânsito. O cheiro de São Paulo, neste ponto exato, é único. Estamos perto do monumento às Bandeiras, nos arredores do Parque Ibirapuera. As árvores respiram iluminadas por holofotes e, talvez pela extrema dificuldade em fazê-lo, transpirem. É a minha teoria, porque eu sinto uma espécie de cheiro de suor verde, refrescante, cítrico. Amadeirado? Penso na minha mãe. Saber que os odores vivem em mim e nela me faz buscar palavras específicas para eles.

— Ouve, Naw, é agora!

Um silêncio seletivo, sai o Moby, depois o som do Quarup e penetra aos poucos, como vindo de longe, longe que só, uma voz doce, delicada, feminina e misteriosa. Um piano, poucos acordes, a voz. Nas pausas da melodia um eco conhecido. Sou eu!

— Você usou o meu haicai em outra música?

— Gostou? Acho que a voz dela combina com a sua.

Elogio melhor impossível. A voz dela vem de outras esferas.

— Nem sei o que dizer.

Ele aproxima o rosto e a gente se beija. A Moon finalmente se manifesta:

— Os pombinhos vão me desculpar, mas quando a gente chegar em casa nem pensem em pausas para beijos, senão faço xixi nas calças! Podem se agarrar o quanto quiserem, mas antes abram a porta do apartamento pra mim, por favor. Não vai dar nem tempo de esperar a Zi atender a campainha.

Rimos alto, os três. O motorista mostra os dentes.

— Quem é a cantora, Dô?

— Puxa, até que enfim você se interessa por mim, irmãzinha! O nome dela é Sóley, é da Islândia. A música se chama *I'll drown*.

Cheiros

Abre, abre, abre, abrimos, ela corre para o banheiro, quase por cima da Zi, desculpa, oi, já já te dou um beijo, eu digo oi, dou aquele abraço, muitos beijinhos, ela me diz que bom, vocês fazem muita falta, o Dô abraça junto, beijo nela, beijo em mim, a Moon chega de calcinha, deixou a saia no banheiro, abraça por cima, beija eu, beija ela, beija a si própria, rimos todos, me beijo, ele se beija. Quando nos largamos, é só risada.

    A mesa posta, da cozinha chega um cheiro de feijão com alho, frango ensopado com cebola e alecrim, suco de laranja. Tudo invade meu nariz e sempre foi assim, mas eu nem dava bola, a não ser quando me incomodava. Agora não, agora tenho uma vontade desses cheiros, de distinguir cada um deles, de avaliar, de viajar, de costurar imagens, de lembrar, de inventar situações para eles, de sonhar que eles estiveram em algum sonho de manhã.

    — Naw, você tá muito calada — me diz a Moon, com o garfo a meio caminho da boca. Tem um pedaço do frango fisgado na ponta.

    — É que... Sabe... O...

    — Ficou gaga! Apaixonada e gaga! A culpa é sua, Dô.

Ele ri e dá uma piscadinha, e eu explico:

— Não, são os cheiros! Eu tô mergulhada neles.

— Que cheiros? — pergunta o Dô, estacionando o garfo no prato.

Começo a explicar a história toda de trás pra frente. Primeiro o que li no livro, depois o médico, depois o pedido de desculpas, o jantar, o cinema. A Moon me ajuda, contando outra vez aquilo que eu fiz e não sabia.

— Bizarro — ele diz preocupado. Não, ele diz isso assustado.

Eu não o culpo. O episódio me coloca numa zona desconhecida, que pessoa será esta, o que mais ela é capaz de inventar? Ai, ai, ai. Fico em um silêncio que suga toda a energia do momento, pra sorte nossa a Zi grita da cozinha:

— Não saiam da mesa. Fiz bolo de chocolate de sobremesa!

Minutos depois ela ressurge com uma bandeja coberta de uma calda escura e espessa, e se senta com a gente. O cheiro é de brincadeira de criança no meio da tarde.

Uma boa dormida, e às nove da noite desperto com o telefone da casa. Ouço a Moon falando lá na sala, então ouço mal, mas talvez ela esteja dizendo "ela tá dormindo, sim, amanhã, aviso, beijo". Pergunto quem era, uma vez e depois outra, a resposta chega quando ela abre a porta do quarto:

— Era o seu pai. Já disse que chegamos bem. E ele disse que liga pra você amanhã. — Uma pausa, ela faz um movimento com a cabeça na direção do guarda-roupa. — Baladinha?

— Depende. Quem faz o som?

Ela entorta um canto da boca.

— Meu irmão, seu bacanudo.

Meu bacanudo. Gostei, soa bem, Bacanudo da Naw, o Dô.

Devo estar com cara de babaca, porque ela diz e sai correndo:

— Vou te fotografar, aguenta aí!

Ela não volta (nem eu esperava que voltasse), quem aparece logo em seguida é o Dô.

— A gente precisa conversar, Naw.

Não é pra eu sentir um frio na barriga, porque o tom é amoroso, mas eu sinto. Sei bem que conversa será essa e me antecipo, vou logo dizendo que o Breno não tem nada a ver comigo, eu não sei por que dei aquele espetáculo, eu só penso em você, na gente.

— Eu sei que você não sente nada pelo Breno, ele mesmo me contou.

— Contou? Contou como?

— Naquela noite, vocês ficaram, mas você falou de mim sem parar. — Pausa para uma risada timidamente vitoriosa. — "Cara, a menina é bizarra! Tá tipo com ideia fixa", palavras do Breno.

Fervo, num segundo fervo, minha boca prestes a dar vazão a um maremoto. Ele chega mais perto.

— Eu só queria dizer isso pra você não ficar minhocando bobagens. Essa história pra mim acabou. Aliás, será que teve algum começo? Você mesma diz que nem se lembra de nada, verdade?

— Pra mim não acabou, Dô. Eu preciso saber por que fiz aquilo, por que eu invento e falo coisas que não aconteceram.

— Claro, eu não estava me referindo a isso, às ment... Quero dizer, em relação às falsas memórias, a gente tá nessa junto. Eu e a Moon vamos te ajudar.

Um beijo bem gostoso e não há mais tempo a perder, arrepios, quenturas, carnes, pelos, cabelos, pele-pele, boca-boca, peito, coxa, canela, orelha, outra orelha. Trocentos beijos (e carícias) depois, me enfio debaixo do chuveiro com ele. É nosso primeiro banho juntos. É também quando descubro uma utilidade a mais para a larga banheira: recebe com folga duas pessoas. Se bobear, até três. Ficamos ali, feito peixes que se reconhecem depois de muita busca. Espumando, submergindo, quem aguenta mais tempo sem respirar, um dois, três, quatro, cinco, para, não brinca assim, um puxão pra fora d'água, não gosto, vamos de novo, não, olha, tá ficando tarde, a gente tem que se arrumar, vamos, vamos, um, dois, três e já, pé pra fora, corpo ereto, ai que frio, fecha a torneira, a sua toalha é a verde?, não, a minha é roxa, hahaha, aquela roxa? Hahaha, vou usar a sua, quero ficar com seu cheiro, será? Ué, qual o problema? Ei, vocês, saiam daí, eu preciso tomar banho também, já estamos saindo, Moon, a gente tá se enrolando, eu sei, tô aqui fora esperando essa enrolação toda, vai logo, agora meu banho vai ter que ser a jato.

Porta aberta, duas pessoas realizadas e uma não.

— Que saco, vocês dois!

Reviro as gavetas, indecisa sobre o que vestir. As roupas me encaram perguntando quem é você? E a minha resposta para elas é sou mais do que antes, sou eu mais os últimos dias, quero tudo diferente. Blusa: nada a ver; vestido: nada a ver; saia: nada a ver; camiseta...

— Moon, a camiseta da minha mãe ainda tá na sua mochila?

Quebra-cabeça

Eu não sei, eu não sei, eu não sei, juro. Repeti e repito, eles não brigam comigo, mas eu sei que estão fazendo um esforço enorme. Eu não bebi uma gota de álcool, então não dei vexame, mas menti descaradamente a noite toda. Nem foram mentiras que me favorecessem! Inventei um caso de amor na Amazônia que não existiu, uma história maluca sobre como fiquei perdida na floresta e vivi numa tribo durante dois meses, daria um bom filme, vai ver até existe um filme assim, mas não aconteceu comigo. Pelo que o Dô e a Moon me contaram, eu caprichei nos lances espetaculares, até de cipó eu andei, e agarrada a um macaco. Bizarro. Terrivelmente bizarro. Humilhante.

— Ligamos pra um terapeuta que é amigo da minha mãe, Naw. Ele vai achar um jeito de te encaixar na agenda da semana que vem.

Preocupação não define o tom escuro da expressão do Dô. As preocupações são cinzentas, ele está marrom. Desconfiado. Desconfiado da sua escolha, um piso em falso, um passo na direção do abismo. Pensar nisso me dói. Tudo dói hoje, nesta manhã, agora, deitada neste sofá.

— Eu não sei, eu não sei, de verdade, não sei.

A Moon vem do quarto trazendo nas mãos o livro que comprei no aeroporto de Manaus. Eu não tenho intenção de ler nada, claro, mas ela começa:

— Lembra do que o médico falou no hospital pra gente prestar atenção nos detalhes dos episódios? Eu estava aqui pensando e me lembrei de que a penúltima vez que você vestiu a camiseta — eu olho pra mim e constato que já não estou mais metida nela porque metade do chá que eles me fizeram tomar quando chegamos em casa ficou para o Che —, ela tá no cesto de roupa suja, Naw, então, a penúltima vez que você vestiu aquela camiseta você teve um surto tão ou mais forte que este.

— E? Você esquece que eu já tive surtos sem a camiseta?

Ela abre o livro, e eu quero dizer não, agora não, tô com sono, mas quem se atreve a contrariar uma obstinada Moon às sete horas da manhã, depois de uma noite de balada intensa?

— Presta atenção, Naw. Você também, Dô: Quando o bulbo olfativo detecta algum odor, ele envia um sinal para o córtex cerebral, que imediatamente envia para o sistema límbico, tá escrito aqui. Eu resumi, mas o livro diz isso.

O Dô me encara, meu olhar é um "e daí?", a Moon se põe em pé, dedo em riste, ar professoral, e lê:

— "O sistema límbico é a parte intensamente emocional do cérebro por meio da qual sentimos, desejamos e... tchan tchan, tchan...

A Moon é assim, eu e o Dô estamos carecas de saber.

— Tchan, tchan tchan...

— Fala de uma vez, pentelha!

— Calma, Dô. Tá, tá, antes que vocês me batam: "sentimos, desejamos e *inventamos*! Bacanudo este seu livro, Naw. Dou o braço a torcer.

Cheiro. Cheiros. Que cheiros? Minha cabeça faz giros, um quebra-cabeça com milhares de peças está espalhado e eu não tenho a menor ideia de como começar a montá-lo.

Instruções práticas

Como montar um quebra-cabeça da memória.

Antes de começar, selecione perguntas fundamentais. E antes das perguntas fundamentais, delimite um espaço e um tempo para elas, como no exemplo abaixo:

1. Quando surgiu a tal memória é uma questão muito ampla, então vejamos: Quando surgiu essa memória que você se lembra de ter inventado pela primeira vez desde que se mudou para São Paulo?
Foque nesse episódio.
2. A segunda memória surgiu quando? Há algo em comum entre esta ocasião e a anterior? Tome nota dos elementos em comum.
3. E a terceira? Também existem elementos em comum, claro. Tente identificá-los.
4. O quebra-cabeça está ganhando forma? Parta para o passo seguinte.
5. Selecione apenas os elementos que se repetem nas

respostas anteriores; relacione-os.
6. Arrisque-se a montar uma versão para a imagem que se forma aos poucos. Não deu certo? Avance para o passo seguinte.
7. Recorra ao quarto e o ao quinto episódios. Quando aconteceram? Eles têm as mesmas características que os anteriores? Algo novo? Surgiu um fator complicador? Os complicadores às vezes devem ser descartados. Reserve-o e, por enquanto, atente apenas para os elementos em comum.
8. Salte para o último episódio. Quando e por que ocorreu? Há elementos em comum com os demais?
9. Monte o quebra-cabeça. Desmonte-o.
10. Remonte-o.

Acordei e me deparei com essas instruções coladas na porta do banheiro. Só pode ser coisa da Moon.

Pingo a pingo do chuveiro, uma gota de lembrança, e bingo! Ali está o elemento, outra gota, outra vez o elemento, dezenas de gotas, dezenas de vezes o elemento, quando não tenho certeza, é por causa do número de pessoas envolvidas no episódio e os elementos semelhantes são muitos, e ele, o tal elemento, pode estar lá, misturado a outros. Que elemento é esse?

Saio depressa do banho e corro feito louca pelo apartamento até a lavanderia, abro a tampa da lavadora de roupas e, antes que o primeiro jato de água empape as peças, tiro dali a camiseta da minha mãe.

— Moon, corre aqui, corre aqui. Dô, Dô, acho que descobri!

E enquanto eles não aparecem, pulo pra lá e pra cá, abraço a Zi, beijo a Zi, a camiseta.

— Ué, você tá pelada e... louca?

O Dô nem dá bola pra piadinha da Moon, chega bem perto e diz:

— Você leu as instruções, né?

— Que instruções? — Surpreende-se a Moon.

Então aquilo não foi coisa da Moon. Ela está boiando na conversa e uma imperatriz detesta quando coisas assim acontecem, portanto:

— Se vocês não me explicarem já, eu vou embora daqui e não volto nunca mais.

Chantagem imperial. O Dô se adianta:

— Eu passei a manhã toda pensando, depois que vocês vieram dormir, e pensei na possibilidade de encontrar uma coisa em comum que desencadeasse os surtos da Naw. Mas, claro, eu parti de uma ideia geral. E, agora, a Naw descobriu. Descobriu? Descobriu o que é?

— Este cheiro. O cheiro deste perfume, sempre foi ele. O cheiro que é também o cheiro da minha mãe.

E estendo a camiseta para eles.

O começo de outro alguém

Engraçado, isto é uma carta e eu nem sei como começar. Escrevo a palavra "mãe" e enfrento o estranho que é ver o "m", o "a" com o til e "e"? Essa formação de letras é comum pra um tucupi de gente, mas não pra mim. Nunca antes escrevi "mãe". Explicar as razões desse impedimento consumiria mais páginas do que a minha ansiedade suporta, por isso, espero poder um dia te dizer tudo e mais um pouco pessoalmente.

Eulália, a minha vida é boa sem você. Não posso dizer que sinto sua falta, porque falta a gente sente quando já teve alguma vez a pessoa ou coisa e não tem mais. Eu nunca te tive. Meu pai me ensinou a crescer sem você. Não foi simples pra ele, mas ele até que se virou bem. É verdade que de um jeito que não foi o que eu mais queria, mas ele deu conta de me criar e de me amar. Não foi simples pra mim também.

Pensando bem, o que eu tive de você foi sempre um cheiro.

Se eu te escrevo esta primeira carta, faço isso por duas razões. Primeiro, porque eu só soube que queria te escrever um mês atrás. Você, como eu disse, nunca me fez falta, e a curiosidade que tive de te conhecer se dissipou nos anos que foram passando sem uma única notícia sua. Mas no último ano as coisas foram mudando, **eu** fui mudando, o que nos leva à segunda razão. Eu me curei de um problema grave que tinha a ver com você.

São esses os dois motivos, portanto, que me encorajam a pedir o que vou pedir: quero te conhecer.

Consegui seu endereço com uma amiga do meu avô. Ela trabalhou com vocês na fábrica de perfumes e vocês duas se falam de vez em quando. A Laura pediu um tempo pra pensar, e deve ter te telefonado pra te consultar. Tenho certeza que sim. Então, o fato de eu ter agora o endereço da sua casa em Santiago do Chile me enche de uma coragem ainda maior. Significa, afinal de contas, que você também quer me ver.

Meu pai não gostou da ideia, mas entendeu.

Chego aí na quarta-feira da semana que vem. Vou com duas amigas e meu namorado.

Não sei mais o que escrever.

Até breve,

Nawar.

Esta é uma obra de ficção, mentirosa, inventada; portanto, qualquer semelhança com fatos e pessoas reais se trata da mais interessante coincidência.

MILU LEITE

Escritora, nasceu na cidade de São Paulo, em 11 de janeiro de 1962, e vive em Florianópolis desde 1999. Formou-se em Jornalismo na PUC/SP, mas há 20 anos tem como ofício a literatura. Publicou cinco livros: *O dia em que Felipe sumiu* (terceiro lugar no Prêmio Jabuti Juvenil, 2006), *O dia em que b apareceu*, pela Editora Biruta, e *O soluço da minhoca*, pela Editora Gaivota. Além de títulos para o público infantojuvenil, lançou pela Edtora Insular *De passagem* e *Abecedário feminino*.

Desde 2009, coordena oficinas de escrita criativa e presta consultoria literária a novos autores. Em 2020, lançou no Spotify o podcast *Palavra e Tom*, com textos e performances ficcionais.

Atualmente, transita entre a literatura e as artes visuais, e tem também pequenas incursões como compositora no campo da música.

Site: *https://miluleite.com/*

vro foi composto com as tipografias Minion Pro [texto],
?T Condensed [haicais] e Prater Sans Pro [títulos], e
η offset 90 g/m² pela MetaBrasil em junho de 2025.